발타자르 그라시안 : 지혜의 말

발타자르 그라시안

: 지혜의 말

발타자르 그라시안 저 | 손힘찬 편역

ascending

프롤로그

　나는 2017년에 처음으로 발타자르 그라시안의 조언을 접했다. 당시에는 '이 조언을 왜 이제 알았지?' 싶었다. '명예를 둘러싼 진흙탕 싸움에는 참가하지 말라', '목에 걸린 생선 잔가시 같은 사람이 되지 마라' 등, 냉철하고 가차없는 그의 문장들을 접하며 처음으로 철학자에게 관심을 가지게 되었다.

　그라시안의 조언은 400년이 지났지만 우리 삶에 그대로 적용할 수 있고 지혜의 고전이라 말해도 과언이 아니다. 이 책은 아포리즘(짧고 간결한 명언 형식)으로 구성되어 있으며 인간 관계, 권력 쟁취, 자기 관리 등 실용적인 조언을 제공한다. 원서 제목은 "지혜의 기술"(Oráculo Manual y Arte de Prudencia)이다. 기술은 본래 이론을 실제로 적용해 우리 생활에 유용하게 만드는 수단이다. 그런 면에서 '지혜의 기술'이라는 말은 어찌 보면 모순처럼 들릴 수도 있다. 그라시안이 이 책을 저술하게 된 계기는 당시 정치적으로 불안정하고 도덕적으로 혼란스러운 사회 상황에서 개인이 살아남고 성공하기 위해 필요한 지혜와 기술을 제공하고자 함에 있다. 그는 인간 본성의 약점을 이해하고 이를 극복하기 위한 방법을 제시하며, 이러한 접근은 그의 경험과 관찰에서 비롯된 것이다.

그라시안이 활동했던 17세기 스페인은 정치적, 경제적으로 혼란을 겪고 있었다. 당시 출간을 하기 어려웠던 이유 중 하나가 교회와 정부의 검열을 받았고 주요 작품 중 하나인 《지혜의 기술》은 처음에 익명으로 출판 할 정도였으니 말이다. 전쟁과 내부 분열에 시달린 시대 배경 가운데 탄생하고 기록 된 글이 이 책에 담겨있다.

지금 이 순간을 살아가는 우리들도 인생 살아가는 방식, 인간관계에 정답이 없는 세상에서 살아간다. 많은 사람들이 과거에 좋았던 시절을 떠올리며 그리워하고 있고 무기력함을 호소하는 이들도 있다. 누군가는 출세를 원하고 성공을 갈망하며 노력하는 이들도 있다. 그라시안은 '현명한 사람', '영웅'이 되라고 조언한다. 사람들이 주어진 상황에서 최선을 다하고, 자신의 가능성을 최대한 발휘할 것을 권장했다. 현실의 세계는 종종 냉혹하고 비판적인 눈으로 사람과 사건을 판단해야 하는 상황이 많다.

그렇기에 확신을 가지고 말할 수 있다. 그의 조언은 대한민국에서 살아가는 데 분명 도움이 될 지혜가 가득하다. 인간의 본성을 꿰뚫고 마음의 급소를 찌르는 그의 세속적인 지혜가 담긴 말을 천천히 읽어보며 삶에 적용하기 바란다. 전쟁터와 같은 삶을 살아가는 독자님에게 무운을 빈다.

<어른의 기분 관리법>
저자 손힘찬 (오가타 마리토)

차례

< 편역자의 글 >

지금으로부터 400년 전에 이 책은 탄생했습니다.
그라시안의 조언은 쇼펜하우어와 니체에게
영감을 주었고 이들에게 칭송 받았습니다.

시대를 초월한 지혜를 삶에 적용해보세요.

인격과 지성의 균형

인격과 지성이 균형을 이루는 게 중요하다. 단순히 똑똑하기만
한 사람보다, 지혜롭고 인격 있는 사람이 되어야 한다. 지성은 문
제를 해결하고 목표를 달성하는 데 필수적이지만, 인격은 사람
들과의 관계를 구축하고 유지하는 데 필수적이다. 어리석은 사
람은 자신에게 맞는 직위, 직업, 이웃, 친구를 얻지 못한다. 인격
과 지성 중 어느 하나가 부족하면 불행한 결말을 맞게 된다. 인
격과 지성이 조화를 이룰 때, 우리는 진정한 행복과 성공을 경험
할 수 있다.

신비로운 사람이 되어라

자신의 신분과 사회적 위치를 즉시 밝히지 않으면 사람들의 기대와 관심이 커진다. 모든 것에 약간의 신비로움을 섞으면 그 비밀스러움이 숭배를 불러일으킨다. 사람들은 여전히 비밀스럽고 매력적인 사람에게 더 큰 호기심과 관심을 보인다. 자신의 모든 생각과 계획을 공개하는 대신, 신중하게 말하고 행동하면 더 큰 주목을 받을 수 있다. 자신의 깊은 생각을 드러내지 않는 신중한 침묵은 세속적 지혜의 상징이다. 자신을 지나치게 드러내는 건 특히 실패했을 때 치명적이고 큰 모멸감을 가져온다. 신비로움을 유지하는 것은 단순한 전략이 아니라, 사람들로 하여금 당신에게 지속적인 관심을 갖게 만든다. 마치 신이 역사를 보여주는 방식처럼.

지식과 용기

지식은 위대함을 향한 여정에서 필수적인 요소이며, 영원함을 가능하게 한다. 지혜로운 자는 자신이 아는 범위에서 무엇이든 할 수 있다. 지식 없이는 세상은 암흑과 같고, 지혜는 눈이요, 용기는 손과 같다. 지식은 용기 없이는 빛을 발하지 못하니, 용기 없는 지식은 행동하지 못하는 몸과 같다. 지식은 우리가 세상을 이해하고 문제를 해결하는 데 필요한 도구다. 그러나 지식만으로는 충분하지 않다. 용기가 없다면 지식을 실천에 옮길 수 없기 때문이다. 지식은 우리에게 방향을 제시하고, 용기는 그 방향으로 나아가게 한다. 지식이 빛을 제공한다면, 용기는 그 빛을 따라 행동으로 옮기는 발이 된다.

고마운 사람보다 필요한 사람이 되어라

사람들은 자신에게 도움이 되는 사람을 더 중요하게 여긴다. 단순히 고마운 사람이 되는 것보다, 실제로 필요로 하는 사람이 되는 것이 중요하다. 사람들에게 지속적으로 기대감을 주고, 그들이 당신을 의존하도록 하는 게 관계를 유지하는 데 유리하다. 갈증을 해소한 사람은 우물에서 등을 돌리고, 한 번 빨아들인 오렌지는 버려진다. 기대감과 의존성이 사라지면 당신에 대한 존경과 존중도 함께 사라진다. 필요를 만족시키면 그 순간은 고마움을 느끼겠지만, 시간이 지나면 잊혀질 수 있다. 따라서 완전히 만족시키기보다는 적절한 기대감을 유지하는 것이 중요하다. 이를 통해 사람들은 항상 당신을 필요로 하게 되고, 이는 당신의 가치를 높이는 데 큰 도움이 된다. 희망을 완전히 만족시키지 않으면서도 그것을 유지하라. 사람들을 항상 자신을 필요로 하도록 만드는 것이 훌륭한 처세다.

완전함까지 도달하라

우리는 완벽하게 태어나지 않는다. 매일 우리의 인격과 소명을 발전시켜 완성된 존재의 최고점에 도달할 때까지, 성취와 탁월함의 정점에 도달할 때까지 발전한다. 이는 취향의 순수함, 생각의 명료함, 판단력의 성숙함, 의지의 확고함으로 알 수 있다. 어떤 사람은 결코 완전에 이르지 못하고, 어떤 사람은 항상 갈망하며, 어떤 사람은 늦게 익는다. 말이 현명하고 행동이 완전한 사람은 현명한 이들의 인정을 받고 주위 사람에게 신뢰를 얻는다. 매일 조금씩 더 나아지기 위해 노력하라.

상급자를 상대로 승리하지 마라

모든 승리는 원망과 증오를 만든다. 상사, 상급자를 이겨서 얻는 것보다 잃는 게 많다. 특히 경쟁자에게 우월감을 나타내는 건 언제나 혐오감을 불러일으킨다. 운 좋게 화를 피하는 일은 그리 많지 않다. 지혜롭게 처신하라. 왕은 주변 사람이 도울 수 있지만 그 존재와 권위를 능가하지 못한다. 상급자도 마찬가지다. 만약 그들에게 조언해야 할 일이 생기면 잊고 있던 걸 상기시키듯 말해야 한다. 별을 통해 처세의 기교를 배울 수 있다. 별들은 밤하늘에서 늘 빛나지만 태양의 광채에 필적할 수 없다.

감정을 통제하라

열정은 고귀한 정신의 특권이다. 고로 우리를 움직이게 하는 원동력이지만 자신을 잘 통제하는 게 더 중요하다. 자신과 감정을 지배하는 건 진정한 자유 의지의 승리다. 들뜬 기분과 열정이 나를 지배할 때는 높은 목표를 지향하기보다 달성 가능한 목표를 설정하는 것이 현명하다. 이렇게 하면 불필요한 문제를 피할 수 있고, 좋은 평판을 유지할 수 있다. 열정을 가지되, 그것을 현명하게 관리하라.

국가의 문제는 개인에게 돌아온다

물은 흐르는 지층의 특성을 따르고, 사람은 태어난 기후의 영향을 받는다. 모든 국가는 나름의 결함을 가지고 있다. 어떤 사람들은 더 유리한 환경 덕분에 고국에 더 많은 빚을 지게 된다. 가장 문명화된 국가들조차도 다른 국가들이 비난할 만한 고유의 문제를 가지고 있다. 이러한 국가적 실패를 스스로 바로잡거나 은폐하는 것은 영리한 것이다. 자신의 국가적 배경을 극복하고 독특한 장점을 발휘하는 것이 중요하다. 가족, 지위, 나이의 결함도 주의 깊게 경계해야 한다. 만일 복합적인 문제가 한 사람에게 형성된다면 그는 통제할 수 없는 괴물이 된다.

재산과 명성, 인생의 두 얼굴

재산과 명성이 모두 중요하지만, 그 성격은 다르다. 재산은 일시적이고 변덕스러울 수 있지만, 명성은 꾸준한 노력과 인내를 통해 쌓아야 한다. 재산은 우리가 살아가는 동안 중요한 역할을 하지만, 명성은 우리가 세상을 떠난 후에도 남아 우리의 가치를 증명한다. 재산은 때때로 사람들의 시기와 질투를 불러일으킬 수 있다. 반면, 명성은 우리의 업적과 인격을 기억하게 만들어 그 존재를 잊지 않도록 도와준다. 명성에 대한 욕망은 우리 인간의 가장 고귀한 부분에서 나온다. 그러나 그 욕망이 극단으로 치닫지 않도록 조절하는 것이 중요하다.

배울 수 있는 사람 곁에 가라

친근한 교제를 지식의 학교로 삼고, 대화를 통해 문화를 배우라. 친구를 스승으로 삼고 대화의 즐거움과 가르침의 이점을 함께 누리라. 현명한 사람은 자신이 말하는 것에서 박수를 받고, 듣는 것에서 교훈을 얻는 두 가지 즐거움을 번갈아 누린다. 우리는 항상 자신의 관심사에 따라 다른 사람에게 끌리지만, 이 경우에는 더 높은 수준의 지식과 지혜를 추구하게 된다. 현명한 사람들은 귀족의 집을 허영의 사원이 아니라, 좋은 교육의 장으로 자주 방문한다. 세속적 지혜의 공로를 인정받는 신사들이 있는데, 그들은 모범과 행동으로 모든 고귀함의 본보기가 될 뿐만 아니라, 그들 주변 사람들이 세속적 지혜의 훌륭한 공간을 형성하게 된다.

자연과 예술

자연 그대로의 재능만으로는 충분하지 않다. 우리는 예술과 훈련을 통해 자신의 능력을 갈고 닦아야 한다. 예술은 우리의 부족한 부분을 채워주고, 탁월함을 향상시킨다. 아무리 타고난 재능이 뛰어나더라도, 이를 연마하지 않으면 최고의 성과를 낼 수 없다. 예술과 자연의 조화가 진정한 탁월함을 만든다.

두 번째 생각과 첫 번째 충동

때로는 초반에 인내하고 이후에 생각하며 행동해야 한다. 인간의 삶은 악의와의 전쟁이다. 교활한 사람들은 전략적으로 의도를 바꾸어 싸운다. 위협적인 행동을 하지 않고 눈치 채지 못하게 공중에서 조준하여 예상치 못한 방향으로 공격한다. 상대방의 주의를 끌기 위해 목적을 드러내지만, 결국 예상치 못한 방향으로 돌아서서 승리한다. 그러나 높은 수준의 지능은 상대의 의도를 바로 읽고 모든 교활한 속임수를 파악한다. 첫 번째 충동을 무시하고 두 번째, 심지어 세 번째 충동을 기다린다. 상대방의 속내를 파악하고 행동에 옮겨야 한다.

좋은 매너가 어려움을 벗어나게 한다

나쁜 매너는 이성과 정의까지 모든 걸 망치고, 좋은 매너는 좋은 호의를 얻고 '아니오'라고 말해도 좋게 들리게 한다. 불편한 진실도 달콤하게 만들며 생활을 윤택하게 만든다. 특히 유쾌함은 어려움에서 벗어나는데 도움이 된다. 단순히 일만 잘하는 것이 아니라, 사람들과의 관계에서도 좋은 매너를 유지하는 것이 필요하다. 좋은 매너는 사람들의 마음을 사로잡고, 어려움을 극복하는 데 큰 도움이 된다.

지식의 힘을 키워라

지식은 강자의 특권이자 무기다. 지성인과 함께하는 건 축복이다. 지식은 무지를 제거하고 모든 논쟁을 종결짓는다. 지혜로운 자를 가까이 두는 것은 현명한 일이다. 지혜로운 사람을 친구로 삼고, 그들의 지식을 통해 배우는 것은 인생의 큰 축복이다. 다양한 사람들로부터 다양한 지혜를 얻고, 그들을 통해 더욱 현명해지는 것이 중요하다. 만약 현자를 직접 모실 수 없다면, 친구를 통해 그 지혜를 얻으라. 진정한 성공은 축적된 지식을 바탕으로 한 지혜로 인해 결실을 맺는다.

좋은 의도가 성공을 보장한다

지식과 선의의 결합은 성공을 보장한다. 사악한 의지와 결합된 뛰어난 지성은 언제나 끔찍한 결과를 만들었다. 사악한 지성은 모든 걸 망친다. 특히 어리석은 사람들은 자신이 잘못된 걸 모르기 때문에 그 끔찍함은 두 배가 된다. 선의가 함께하는 지식과 기술의 조화를 이루어야만 어리석음으로 인한 망신을 피할 수 있다.

의도를 감추는 건 변칙성이다

경쟁 할 때는 특히 변화와 적응이 중요하다. 항상 같은 방식으로 행동하면 상대방이 쉽게 예측할 수 있다. 따라서 상황에 따라 전략을 바꾸고, 예상치 못한 방식으로 행동하는 것이 필요하다. 일직선으로 똑바로 날아가는 새는 죽이기 쉽지만 변칙적으로 움직이는 새는 그렇지 않다. 패를 보이는 게임을 하는 순간 그 결과는 뻔하다. 당신의 패를 상대가 모르게 하라. 이를 위해 변화를 두려워하지 않아야 경쟁 상대가 내 의도를 읽지 못하게 할 수 있다.

과한 기대감은 위험하다

모든 유명인의 공통적인 불운은 사람들의 기대감을 충족시키지 못하는 것에 있다. 이상을 꿈꾸기는 쉽지만 실현하기는 어렵다. 현실과 상상은 결코 같을 수 없다. 상상력은 희망과 결합하여 그 자체로 존재하는 것보다 더 거대한 감정을 만든다. 아무리 훌륭해도 기대를 충족시키지 못하며, 인간은 과도한 기대에 실망하면 감탄하기보다는 환멸을 느낄 준비가 되어 있다. 희망은 진실의 위대한 위조자이므로 실력이 욕망을 능가하도록 해야 한다. 이 규칙은 악인에게는 적용되지 않는다. 악인에게는 큰 과장이 도움이 되기 때문이다. 그들은 감탄속에서 패배하고 처음에는 극단적인 파멸로 가지만 견딜 수 있다고 착각한다. 처음에는 기대를 낮추고 실제 성과가 기대를 뛰어넘도록 하는 게 현명하다.

시대를 초월하는 지혜

혼란이 가득한 세상에는 시대를 초월하는 지혜가 중요하다. 모든 사람이 자신에게 어울리는 시대를 찾지는 못한다. 그러나 진정한 지혜는 어느 시대에도 빛을 발휘한다. 탁월함은 유행을 타지만, 진정한 가치는 시대를 초월한다. 지금이 아니더라도, 미래에 그 가치를 인정받을 수 있다.

행운의 기술

행운에는 규칙이 있다. 현명한 사람에게는 모든 우연이 우연이 아니다. 어떤 사람들은 행운의 문 앞에서 기다리는 것으로 만족한다. 다른 사람들은 더 잘하고, 영리한 대담함으로 앞으로 나아가 이익을 얻는다. 미덕과 용맹의 날개로 여신에게 다가가 호의를 얻는다. 지혜와 용기를 바탕으로 적극적으로 행운을 만들어가라.

실용적인 지식을 갖추어라

현명한 사람은 세련되고 우아한 학식으로 무장한다. 일반적인 지식보다 실용적인 지식이 더 중요하다. 현명한 사람은 깊이 있는 지식을 갖추고 있으며, 이를 적절한 때에 사용할 줄 안다. 지식을 단순히 쌓는 것이 아니라, 실제로 활용할 수 있는 능력이 필요하다. 농담처럼 가벼운 방식으로도 깊이 있는 가르침을 전달할 수 있다.

흠이 없어야 한다

완벽함의 필수 조건이다. 육체적이든 도덕적이든 약점 없이 사는 사람은 거의 없다. 다른 사람들의 예리한 시선은 종종 우리의 결함을 발견한다. 고상한 자질로 이루어진 전체 집합체에 붙어 있는 작은 결함이지만, 구름 하나가 태양 전체를 가릴 수 있다. 우리의 평판에도 마찬가지다. 악의적인 사람들이 곧 알아채고 계속 주목하는 흠집이 있다. 최고의 기술은 그것을 장식으로 바꾸는 것이다. 그래서 카이사르는 월계수로 자신의 타고난 결점을 숨겼다. 작은 결함이 전체를 망치지 않도록 주의하라.

상상력을 발휘하라

상상력은 우리의 생각을 풍부하게 하고, 때로는 우리를 잘못된 길로 인도할 수 있다. 이성은 우리의 행복을 위해 중요하며, 삶에 큰 영향을 미친다. 상상력은 우리를 만족하게 하거나 불만족스럽게 한다. 어떤 사람들에게는 행동의 벌을 견디게 하고, 어리석은 사람들에게는 두려움을 심는다. 어떤 사람에게는 행복한 환상으로 모험과 행복을 약속한다. 중요한 것은 상상력을 통제하고, 신중하게 활용하는 것이다.

상대 의도를 파악하는 법

때로는 직접적으로 말하지 않아도 상대방의 의도를 파악할 수 있다. 주의를 기울여 상대방의 말을 듣고, 그 속에 숨겨진 의미를 파악하는 능력이 필요하다. 호의적인 말을 들으면 신념을 굳게 다지고, 반대 의견을 들으면 박차를 가하는 게 특징이다.

동기를 파악하라

사람의 의지를 이해하고 그 동기를 파악하는 것이 중요하다. 사람들은 각기 다른 동기와 열정을 가지고 행동한다. 특히 취향 따라 동기는 달라지는데 어떤 사람은 우상 숭배자이며, 일부는 명성, 이기심, 쾌락을 추구한다. 어떤 사람은 어떤 동기를 가졌는지 알고 적절히 대응하는 게 핵심이다. 먼저 사람의 지배적인 동기를 추측하고, 말 한마디로 호소하고, 유혹으로 움직이게 하면, 체크메이트다.

상급자와의 경쟁을 피하라

상급자와 경쟁하는 대신, 자신의 강점을 살려 다른 방식으로 인정받는 것이 중요하다. 우수성은 양이 아니라 질에 있으며, 중요한 건 깊이 있는 지식과 능력이다. 모든 곳에서 어디에나 있으려는 시도는 재능을 가졌어도 불행을 불러온다. 상급자와 경쟁하는 대신, 자신만의 분야에서 뛰어난 성과를 내는 것이 현명하다. 저명함을 얻고 숭고한 문제를 해결하는 영웅이 될 것이다.

관심 받는 것에 중독 되지 마라

대중의 과도한 박수는 결코 현명한 사람을 만족시키지 않는다. 어떤 사람들은 아폴로의 달콤한 맛이 아니라 폭도들의 입김에서 즐거움을 찾는다. 평범함에 안주하지 말고 더 높은 수준을 추구하라. 무지는 경이로움을 뛰어넘을 수 없으니 군중의 경이로움에 즐거워하지 마라. 저속한 어리석음이 경이로움을 느끼는 동안 지혜로운 사람은 속임수를 주시한다.

정직한 사람

정직한 사람은 많은 사람이 어려운 상황에서도 진실을 지킨다. 위험이 닥치면 흔들리기도 하지만 진정으로 정직한 사람은 어떤 상황에서도 진실을 고수한다. 교활한 이들의 속임수에도 굴복하지 않고 항상 진실의 편에 서있는다. 이런 사람들은 신뢰를 얻고 사람들에게 존경 받는다.

평판이 좋지 않은 직업을 피하라

평판이 좋지 않은 직업을 피하는 것이 중요하다. 명성을 얻기 위해 기괴한 행동을 하면 오히려 조롱의 대상이 될 수 있다. 신중하게 직업을 선택하고, 자신의 지혜를 과시하지 않으며, 진정으로 가치 있는 일을 추구하라.

행운을 선택하고 불운을 피하라

불운은 어리석음의 대가이며, 불운을 공유하는 사람들에게 전염되는 질병이 아니다. 더 큰 악이 숨겨져 있기 때문에 작은 악의 문을 열지 마라. 카드게임에서 높은 수준의 기술은 버릴 때를 아는 것이다. 현재 가장 작은 트럼프가 지난 게임의 에이스 트럼프보다 더 가치가 있다. 의심스러울 때는 현명하고 신중한 사람의 말을 따르라.

호의를 베풀어서 좋은 평판을 얻어라

은혜를 베푸는 것은 높고 힘 있는 자의 최고의 영광이며, 보편적인 선의를 정복하는 것은 왕의 특권이다. 다른 사람들보다 더 많은 선을 행할 수 있다는 것이 높은 지위의 큰 장점이다. 그런 사람들은 우호적인 행동을 하는 친구를 사귀게 된다. 반면에 은혜를 베풀지 않는다고 스스로를 드러내는 사람들은 능력 때문이 아니라 나쁜 기질 때문이다. 은혜롭지 않은 사람은 나쁜 평판을 얻게 된다. 선의를 베푸는 게 좋은 관계를 만드는 지름길이다.

현명하게 절제하라

나와 상관없는 일에 몰두하는 것은 다음과 같은 일을 하는 것보
다 더 나쁘다. 신중한 사람은 자신의 일을 방해하는 사람인지 먼
저 확인한다. 모든 사람에게 속할 의무는 없다. 친구의 도움을 남
용하거나 자신이 허락할 수 있는 것보다 더 많은 것을 요구해서
는 안 된다. 능력 이상으로 무리하면 실패하고 관계를 망칠 수도
있다. 과도한 요구도 마찬가지다. 현명한 절제는 모든 사람의 선
의와 존경을 보존하는 최선의 방법이다.

자신의 강점을 파악하라

자신의 탁월한 재능을 계발하면 나머지를 도울 수 있다. 누구나 자신의 강점을 알았다면 어떤 분야에서 뛰어났을 것이다. 자신이 어떤 면에서 뛰어난지 파악하고 그 부분을 담당하라. 어떤 사람은 판단력이 뛰어나고 어떤 사람은 용기가 뛰어나다. 대부분은 자신의 타고난 적성을 찾지 못해서 탁월한 재능을 발휘하지 못한다. 이에 열정을 불태운 시간 마저 사라지기 때문에 너무 늦게 후회하고 자신에게 환멸감을 느끼게 한다.

중요한 것을 중요하게 생각하기

어리석은 사람은 주의 깊게 생각하지 않아서 절망에 빠진다. 사물의 절반도 보지 못하며, 자신의 손실이나 이득을 관찰하지 않기 때문에 부지런히 노력하지 않는다. 어떤 이들은 작은 것을 많이 수입하고 많은 것을 적게 수입하며 항상 잘못된 저울로 무게를 잰다. 가장 세심한 주의를 기울여 관찰하고 가장 깊은 곳에 간직해야 할 문제가 있다. 지혜로운 사람은 모든 것을 생각하되, 심오한 곳에 가장 심오한 차이를 두고 생각하며, 그 안에 자신이 생각하는 것보다 더 많은 것이 있을 것이라고 생각한다.

운에 맞춰 행동하라

운을 기다리는 동안에도 인내할 줄 아는 건 훌륭한 태도다. 적절한 시기가 있고 기회를 제공하기 때문에 그 길을 계산할 수는 없지만 그 발걸음은 매우 불규칙합니다. 행운의 여신은 대담하고 용감한 이를 선호하므로 대담하게 앞으로 나아가라. 하지만 운이 나쁘다면 불운을 막기 위해 빠르게 후퇴해야 한다.

풍자의 힘을 알고 사용법을 익혀라

풍자는 인간관계에서 가장 예리한 무기다. 이 풍자는 종종 상대의 기분을 시험하는 데 사용되며, 그 과정에서 가장 미묘하고 통찰력 있는 반응을 얻을 수 있다. 어떤 풍자는 악의적이고 무례하며, 시기와 열정에 독을 품어 모든 호의와 존경을 한 번에 파괴하기도 한다. 이런 말 한마디에 충격을 받은 사람들은 주변 사람과 멀어지기도 한다. 반대로 반면에 다른 풍자는 호의적으로 작용하여 자신의 평판을 확인하고 도움을 준다. 풍자를 사용할 땐 그 사용법이 정교할수록 더 큰 주의가 필요하며, 예지력이 있어야 한다.

전략적으로 후퇴하라

승리에만 집착하지 말고, 필요할 때 전략적으로 후퇴하는 것이 중요하다. 행운은 지속되지 않기 때문에, 적절한 때에 물러나는 것이 더 현명할 수 있다. 행운이 계속될 때도 주의해야 한다. 운의 더미가 높을수록 미끄러질 위험이 커지고 모든 것이 무너질 수 있다. 지나치게 행운에 의존하면 큰 위험을 초래할 수 있다. 최고의 선수는 최선을 다하고 나머지는 운에 맡긴다.

인생의 황금기를 즐겨라

자연의 모든 것은 어느 정도 성숙에 도달하고, 그 이후에는 퇴화한다. 예술 작품도 개선할 수 없는 경지에 도달하면 퇴보하기 마련이다. 결실의 시기를 즐기는 건 특권이다. 모든 사람이 이를 인식하고 활용할 수 있는 것은 아니다. 자신의 지성과 능력이 최고조에 달했을 때 이를 제대로 활용하고 인생의 황금기를 즐기는 게 필요하다. 그리고 그 사용 가치와 교환 가치를 알아차려라.

사람들의 호의를 얻어라

보편적인 존경과 사랑을 받는 것이 중요하다. 이는 타고난 기질과 실천에 달려 있다. 호의를 베풀면 높은 호감을 얻기 쉽다. 친절한 감정을 일으키고, 선을 행하고, 좋은 말과 행동으로 사랑받기 위해 노력하라. 예의는 마술이다. 행동에 손을 얹고 펜을 들고, 말은 칼을 따르며, 문필가들 사이에는 선의가 있고 그것은 영원하다.

과장하지 마라

사실에 어긋나지 않도록 해야 하며, 자신의 이해를 해치는 비열한 생각을 주지 않도록 과장하지 않는 것이 중요하다. 과장은 자신의 지식이나 취향의 편협함을 드러내는 판단의 남용이다. 칭찬은 호기심과 욕망을 불러일으키지만, 그 가치가 실제 가격과 맞지 않으면 기대에 대한 배신으로 인해 추천한 물건과 사람 모두 평가 절하된다. 신중한 사람은 과오보다는 부족함을 선호한다. 특별한 일은 드물기에 보통의 평범한 평가가 적절하다. 과장은 거짓말의 일종으로, 신뢰를 잃게 된다. 사실을 기반으로 한 판단과 평가가 사람들에게 많은 신의를 얻기 마련이다.

권위의 힘

타고난 리더십이 중요한 역할을 한다. 교묘한 속임수가 아닌, 자연스러운 권위로 사람들은 이유도 모른 채 복종한다. 이러한 사람은 공로에 의해 왕이 되고, 타고난 특권에 의해 지도자가 된다. 그들은 존경심을 불러일으키며 사람들의 마음을 사로잡는다. 더 운이 좋다면 이들은 국가의 주요 인물이 될 수 있다. 이들은 긴 연설보다는 몸짓 하나로 더 많은 걸 표현한다.

상황에 맞게 말하고 행동하라

시냇물을 거슬러 헤엄치는 것은 불가능하고 위험하다. 소크라테스만이 할 수 있는 일이다. 상황에 맞게 행동하는 것이 중요하다. 소수의 의견을 존중하면서도 다수와의 대화에서는 신중해야 한다. 진실은 소수를 위한 것이다. 지혜로운 사람은 집안에서는 자신의 목소리가 아니라 어리석은 사람의 목소리로 말하기 때문에 알기 어렵다. 신중한 사람은 모순되는 것만큼이나 모순되는 것을 피한다. 생각은 자유로워야 하며, 강압을 사용해서는 안 된다. 현명한 사람은 침묵으로 물러나고, 적합한 사람 앞에서 말한다.

위대한 마음에 공감

영웅의 마음에 공감하고 이해하는 건 영웅의 자질이다. 그들의 마음에 동의하기에 친밀감이 있다. 존경심이 생기고 선의가 뒤따르며 애정으로 이어질 수 있다. 이 동정심은 능동적이거나 수동적이며, 둘 다 숭고하다. 이 재능을 인식하고 활용하는 것은 위대한 예술이다. 어리석은 이들은 저속하고 무지하기에 그 가치를 알지 못한다.

교활함을 기뻐하거나 자랑하지 말라

교활함을 기뻐하거나 자랑해서는 안 된다. 인위적인 것은 모두 숨겨야 하며, 특히 교활함은 미움을 받는다. 속임수는 많이 사용되므로 불신을 불러일으키고, 많은 성가심을 일으키며, 복수를 불러일으킨다. 가능한 한 정직하고 투명하게 행동하는 것이 필요하다.

다른 사람의 장점을 인정할 줄 알아라

편협적인 평가와 반감을 극복하고 사람들을 공정하게 평가하는 것이 중요하다. 선천적인 혐오감을 이겨내고, 다른 사람의 장점을 인정하는 능력이 필요하다. 위대한 사람들에게 동정과 존경을 보내는 것이 우리를 더 나은 사람으로 만든다. 우리보다 나은 사람을 싫어하는 것은 불명예스러운 일이다. 선한 감각은 이러한 감정을 지배한다. 위인에 대한 동정이 우리를 고귀하게 만들듯이, 위인에 대한 혐오는 우리 가치를 폄하하게 만든다.

명예에 과하게 집착하지 말라

명예를 둘러싼 진흙탕 싸움은 피하라. 문제를 해결하기보다는 미리 피하는 것이 더 현명하다. 우리의 판단력을 시험하는 상황에서 이기는 것보다 피하는 것이 낫다. 얻을 게 없는 싸움에서 실과 이득이 무엇인지 냉정하게 판단하라. 그런 문제를 해결하는 것보다 피하는 데 더 큰 용기가 필요하다. 명예에 필요 이상으로 과하게 집착하는 건 오히려 불명예로 이어질 수 있다.

외면과 내면을 보라

궁전의 웅장한 입구가 오두막의 내부로 이어진다면, 외형과 내실의 불균형은 의미가 없다. 첫인사 이후 대화가 지루해지면 아무리 외모가 화려해도 소용없다. 겉모습만 보고 사람을 평가하는 이들은 금세 실망하게 된다. 반면 신중한 사람은 내면을 들여다보고 그 진가를 평가한다. 첫인사는 화려할 수 있지만, 생각의 깊이가 없으면 금방 대화가 멈춘다.

높은 통찰력

관찰과 판단을 잘하는 사람은 매우 심오한 통찰력을 가지고 있다. 그는 사람을 보자마자 그 본성을 이해하고 깊은 본질을 파악한다. 몇 가지 관찰을 통해 본성의 가장 숨겨진 부분을 해독한다. 예리한 관찰력과 현명한 추론을 통해 모든 것을 알아차리고 이해한다. 사람을 한눈에 파악하고 그 깊이를 이해하는 능력은 탁월한 통찰력의 결과다.

프라이드를 가져라

자신에 대해 깊이 알고 있는 것이 중요하다. 올바른 감정이 정직함의 기준이 되도록 하고, 외부의 압력보다 자신의 판단에 더 큰 가치를 둔다. 외부 권위에 대한 두려움보다 프라이드를 지키는 게 더 중요하다. 이를 지키면 세네카의 가르침도 필요 없다. 인생의 대부분은 좋은 취향과 올바른 판단력에 달려 있다. 지성이나 공부만으로는 충분하지 않으며, 선택하려면 올바른 판단력이 필요하다. 많은 학식과 관찰력을 가진 사람들도 여전히 선택의 기로에서 헤맨다. 하늘이 내린 가장 큰 선물 중 하나는 올바른 것을 선택하는 능력이다.

자기 자신을 깊이 알아라

자기 통제와 신중함이 중요하다. 감정이 과도하게 드러나지 않도록 주의하고, 말과 행동을 신중하게 관리해야 한다. 말이 과하면 평판이 위태로워진다. 운이 좋을 때나 나쁠 때나 자기 자신을 잘 통제하여 평판을 지키는 것이 필요하다. 자기 자신을 깊이 알고, 진정한 주인이 되어야 한다.

서둘러라, 그러나 천천히

아는 걸 즉각적으로 실행에 옮겨라. 이건 부지런한 이들의 특징
이다. 지성 없이 서두르는 건 어리석은 자의 실패 요인이다. 그
들은 결정적인 순간을 알아채지 못하고 준비 없이 행동한다. 반
면, 어떤 사람은 미루다가 실패하는 경우가 많다. 선견지명은 숙
고를 낳고, 미루는 행동은 신속한 판단을 무효화하기도 한다. 신
속함은 행운의 어머니다. 내일로 미루지 않는 사람은 많은 일을
해낸다. '페스티나 렌테'는 왕실의 모토다. 서둘러라, 그러나 천
천히.

한 번 양보하면 끝이 없다

토끼도 죽은 사자의 갈기를 당길 수 있다. 용기를 조롱해서는 안 된다. 처음에 양보하면 두 번째에도 양보하게 되고, 마지막까지도 양보하게 된다. 처음부터 자신의 주장을 관철하지 않으면 나중에 더 많은 어려움을 겪는다. 정신적 용기는 육체를 뛰어넘으며, 언제든 사용할 준비가 되어 있어야 한다. 비겁함은 더 치명적이다. 많은 사람들이 뛰어난 자질을 가졌지만 강인한 마음이 없어 무의미한 삶을 보낸다. 자연은 꿀벌에게 꿀의 달콤함과 벌침의 날카로움을 결합시켰다.

인내하고 버텨라

서두르지 않고 열정에 휘둘리지 않는 인내심은 고귀한 마음의
표시다. 다른 사람을 지배하려면 먼저 자신을 지배해야 한다. 현
명한 준비는 목표와 수단을 성숙시킨다. 시간의 힘은 헤라클레
스의 철봉보다 더 크다. 절대자 신은 채찍이 아닌 시간으로 징계
하신다. 시간은 인내와 결단력 있는 행동의 동반자다. 행운은 기
다림에 대한 보상을 준다.

위험을 감수하고 움직여라

민첩성과 즉흥성이 중요하다. 이런 능력을 가진 이들은 위험이나 실수에 대한 두려움이 없다. 많은 사람들이 반성을 하고 결국 잘못되지만, 어떤 이는 두려워하지 않고 목표를 달성한다. 긴급 상황에서 본능적으로 움직여 원하는 걸 얻는다.

모든 능력을 보여주지 마라

모든 사람 앞에서 자신의 능력을 과시할 필요 없다. 필요 이상의 힘을 사용하지 마라. 지식이나 힘을 불필요하게 낭비하지 마라. 숙련된 사냥꾼은 필요한 만큼 사냥하고 돌아간다. 오늘 너무 많은 것을 보여주면 내일은 보여줄 것이 없다. 항상 새로운 것을 보여줘야 한다. 매일 새로운 것을 보여줘야 기대감을 유지하고 능력의 한계를 숨길 수 있다.

명예롭게 퇴장하라

행운의 집에서는 기쁨의 문으로 들어가면 슬픔의 문으로 나가야 한다. 그러므로 마무리를 생각해야 한다. 들어올 때의 환영보다 우아한 퇴장을 더 중요하게 생각해야 한다. 시작은 좋았으나 끝은 비참한 것이 불행한 사람들의 공통점이다. 중요한 것은 입구에서의 환영이 아니라 퇴장할 때의 인상이다. 인생에서 앙코르를 받을 자격이 있는 사람은 거의 없다. 행운은 누구에게도 영원히 머무르지 않는다. 떠나는 손님은 냉정하게 배웅받는다.

지도자의 자질

어떤 사람들은 타고난 지혜로 이미 학문에 통달한 상태다. 나이와 경험이 쌓이면 이성이 무르익어 건전한 판단을 내리게 된다. 그들은 신중함을 잃게 하는 모든 변덕스러운 것을 혐오한다. 특히 중요한 결정이 필요한 상황에서는 신중하고 확실하게 판단한다. 이러한 사람들은 국가를 이끌 자격이 있다.

평범함은 박수를 받지 못한다

비범함이 없으면 위대한 사람이 될 수 없다. 평범함은 결코 박수를 받지 못한다. 저명한 지위에서 두각을 나타내는 것은 평범한 군중과 구별되며, 우리를 특별한 사람들과 같은 수준으로 만든다. 작은 지위에서 두각을 나타내는 것은 작은 것에서 위대함을 이끌어낸다. 편안함이 많을수록 영광은 줄어든다. 위대한 일에서의 최고의 명성은 감탄을 자아내고, 왕실의 특징인 호의를 얻는다.

잘 선택하라

신하의 탁월함이 군주의 위대함을 깎아내린 적은 없다. 모든 공적의 영광은 군주에게 돌아가며, 비난도 마찬가지다. 명성은 오직 주인과 함께한다. 나를 돕는 조수들을 선택하고 시험해야 한다. 불멸의 명성을 위해 그들을 믿어야 하기 때문이다.

탁월함에는 최초라는 수식어가 붙어야 한다

동등한 실력을 가진 플레이어가 첫 수를 두는 것은 큰 광고 효과를 가져온다. 많은 사람들이 1등을 했다면 진정한 그 명성을 오랫동안 남겼을 것이다. 1등을 한 사람은 명성의 상속자이며, 나머지는 그저 적은 수당만 받는다. 참신함으로 현자들은 영웅의 황금 책에 이름을 남긴다. 일부는 큰 시장에서 2등 하는 것보다 세부 시장에서 1등하는 걸 선호한다.

나쁜 건 주지도 받지도 말라

신중함은 나름의 보상을 가져다준다. 많은 문제를 피할 수 있고, 편안함과 행복을 가져다준다. 도움이 되지 않는 나쁜 소식은 주지도 받지도 마라. 불필요한 걱정은 덜어내라. 어떤 사람은 아첨의 단맛을, 어떤 사람은 악담을 퍼트리고 가십거리로 삼는 걸 좋아한다. 아무리 가까운 사람이라도 일시적인 즐거움을 위해 평생 고생할 필요는 없다. 다른 사람을 기쁘게 하기 위해 자신의 기회를 망쳐서는 안 된다. 나중에 헛된 고통을 겪기보다 지금 고통을 겪는 것이 더 낫다.

훌륭한 지성

고상한 취향과 지식을 가지는 것이 중요하다. 훌륭한 지성은 훈련해서 얻을 수 있다. 완전한 지식은 욕망을 자극하고 즐거움을 증가시킨다. 고귀한 정신은 그 취향의 고상함으로 알 수 있다. 위대한 마음을 만족시킬 수 있는 것은 반드시 위대한 것이다. 큰 입에는 큰 것을, 고상한 정신에는 고상한 것을. 그들의 판단 앞에서 가장 용감한 자는 떨고, 가장 완벽한 자는 자신감을 잃는다. 감사는 드물게 하되, 모든 것에 불만을 품지 않도록 주의하라. 이는 어리석음의 극치이다.

세상은 결과만 본다

어떤 사람들은 게임의 승리보다 규율을 더 중요하게 생각하지만, 계속 승리하다가도 마지막에 실패하거나 지면 그 과정은 인정하지 않는다. 승자는 설명할 필요가 없다. 세상은 구구절절한 사연은 알지 못하고 오직 결과만 본다. 목적을 달성하면 잃는 것은 없다. 수단이 불만족스러워도 좋은 목적은 모든 것을 빛나게 한다. 따라서 때때로 좋은 결말을 맺을 수 없다면 규칙을 위반하는 것도 필요하다. 중요한 건 최종 결과다.

영리하게 정보를 공유하라

많은 사람들이 좋은 아이디어를 놓치는 이유는 그 아이디어가 떠오르지 않기 때문이다. 친구의 조언을 듣는 것이 자신의 장점을 찾는 데 도움이 될 수 있다. 상황에 맞는 도움을 줄 수 있는 것은 정말 큰 선물이다. 지식이 있다면 나누고, 모자라면 조심스럽게 물어보라. 사람들의 관심을 끌기 위해 필요한 기교도 있다. 처음에는 조금만 보여주고, 사람들이 더 원할 때 더 많은 정보를 제공하면 좋다. 불가능해 보이는 것에서도 가능성을 찾으려고 노력해 보라. 대부분의 경우, 시도하지 않기 때문에 성공하지 못한다. 이 모든 것은 영리함이 필요하다.

충동성에 굴복하지 마라

다른 사람의 영향을 받지 않는 위대한 사람이다. 자기 성찰은 지혜의 출발점이다. 자신의 성향을 알고 그것을 다스리며, 때로는 균형을 찾기 위해 다른 극단으로 가기도 한다. 자기 인식은 자기계발의 시작이다. 너무 감정에 휘둘리는 사람들은 자신의 진정한 성향 대신에 감정에 끌려다니며, 모순된 의무에 빠진다. 이런 과잉은 의지의 결단력을 무너뜨리고, 모든 판단력을 잃게 하며, 욕망과 지식이 서로 반대 방향으로 끌어당긴다.

거절하는 방법을 알라

모든 사람에게 모든 것을 양보해서는 안 된다. 거절하는 방법을 아는 것은 동의하는 것만큼 중요하다. 특히 높은 지위에 있는 사람에게 더욱 그렇다. 모든 것은 방법에 달려 있다. 어떤 이는 다른 사람의 '예'보다 '아니오'를 더 중요하게 여기는데, 정중한 '아니오'가 무뚝뚝한 '예'보다 더 만족스러울 수 있기 때문이다. 일부 사람들은 항상 '아니오'를 입에 달고 다니며 모두를 불쾌하게 만든다. 거절할 때는 단호할 필요가 없다. 약간의 희망을 남겨 두고, 아쉬움을 표현하라. 공손함과 부드러운 말이 행동의 부재를 보상할 수 있다.

한결 같은 사람이 되어라

한결 같은 사람이 되어라. 특히 유능한 사람은 항상 최고의 자질을 유지하며 신뢰를 얻는다. 변한다면 정당한 이유나 배려를 위해서다. 행동의 변동은 불신을 일으킨다. 매일 말과 행동이 다른 사람들이 있다. 그들의 지능과 의지가 다르고, 그로 인해 운명이 달라진다. 어제의 '예'가 오늘의 '아니오'가 되기도 한다. 그들은 항상 자신의 신용을 위해 거짓말을 하고, 다른 사람의 신용을 무너뜨린다. 변해야 할 때는 정당한 이유가 있어야 하며, 변동이 불신을 초래하지 않도록 해야 합니다.

단호하게 행동하라

단호한 실행력이 중요하다. 계획을 제대로 실행하지 못하면 더 큰 문제가 발생할 수 있다. 막힌 시냇물보다 흐르는 시냇물이 덜 해롭다. 어떤 사람들은 목적의식이 부족해 항상 다른 사람의 지시를 필요로 한다. 이는 판단력이 없어서가 아니라 행동할 능력이 없기 때문이다. 어려움을 해결하는 방법을 아는 것이 중요하다. 절대 곤경에 처하지 않는 사람들도 있다. 명확한 판단력과 단호한 성격은 높은 지위에 어울린다. 그들은 한 가지 일을 끝내면 곧바로 다음 일을 준비한다.

전략적으로 행동하라

똑똑한 사람들은 미로에서 빠져나오는 방법을 안다. 그들은 재치 있는 말로 가장 복잡한 상황을 해결한다. 심각한 논쟁에서는 침묵이나 미소로 빠져나온다. 위대한 리더들은 이 기술을 잘 알고 있다. 거절해야 할 때는 종종 다른 주제로 전환하는 것이 정중한 방법이다. 때로는 눈치 없는 척하며 이해하지 못하는 척하는게 최고의 이해력을 증명하기도 한다.

비사교적인 태도를 피하라

진정한 야수는 가장 인구가 많은 곳에 산다. 접근하기 어려운 사람이 되는 건 명예를 잃는 길이다. 다른 사람을 무례하게 대하는 걸로 호감을 얻을 수 없다. 무례하게 행동하는 사람들은 모든 사람에게 아부해야 하지만, 지위를 얻은 후에는 불복종함으로써 스스로를 면책하려고 한다. 모든 사람이 접근할 수 있어야 하는 지위에도 불구하고 자존심 때문에 그렇게 하지 않는다. 그런 사람들은 자신의 잘못을 고칠 기회도 얻지 못하고 사라지게 된다.

영웅을 롤모델로 삼아라

영웅을 롤모델로 삼아라. 모방하지 말고 본받아야 한다. 위대함의 본보기와 명예의 살아있는 지혜가 있다. 자신을 자극하는 소명을 마음에 품어라. 알렉산더는 아킬레우스의 죽음 때문에 울지 않았다. 그의 명성이 아직 전 세계에 퍼지지 않았기 때문이다. 다른 사람의 명성은 야망을 자극한다. 시기심을 날카롭게 하고, 관대한 정신을 키운다.

가벼운 사람이 되지 말라

지혜는 심각한 문제에서 발휘되며, 단순한 재치보다 더 높이 평가된다. 항상 농담을 할 준비가 되어 있는 사람은 진지한 일을 할 준비가 되어 있지 않다. 사람들은 거짓말쟁이를 믿지 않으며, 농담을 기대한다. 어떤 말을 해도 와닿지 않는다. 계속되는 농담은 신뢰를 잃게 만든다. 재치 있다는 평판을 얻더라도 현명하다는 평판을 잃는다. 농담은 짧게, 진지함은 길게 가져라.

유연함을 가져라

신중한 사람은 각 상황에 맞게 행동한다. 모든 사람의 지지를 얻는 것은 큰 예술이며, 그들의 선의를 얻는 것이 중요하다. 사람들의 기분을 알아차리고, 그 기분에 맞게 자신을 적응시켜라. 변화하는 모습을 보여주어야 한다. 이는 의존적인 사람에게 필수적인 예술이다. 하지만 이 교묘한 속임수에는 많은 지혜가 필요하다. 지식과 재치가 모두 겸비한 사람만이 성공할 수 있다.

신중하게 접근하라

어리석은 자들은 항상 무모하게 행동하며, 문을 통해 대담하게 들어온다. 단순한 접근은 모든 예방 조치를 무시하고, 실패 했을 때의 수치심도 못 느끼게 한다. 그러나 신중한 자는 더욱 신중하게 접근한다. 신중함의 첫걸음은 경계하는 일이다. 위험을 감수하지 않고도 전진할 수 있는지 확인한다. 이는 위험을 피하도록 도와주며 행운이 따라주도록 돕는다. 깊이가 의심스러운 곳에서는 신중하게 발걸음을 옮겨라. 신중함은 조심스럽게 앞으로 나아가고, 예방은 모든 위험을 덮는다. 모든 관계와 상황에서 신중하게 주도권을 가져야 하며, 위험을 피하고 행운을 기대할 때도 신중함을 유지해야 한다.

온화한 태도

온화한 태도와 평온함이 중요하다. 가장 위대한 사람들도 때로는 즐거움을 즐기며 모두에게 사랑받는다. 하지만 그런 경우에도 품위를 지키고 예의를 지켜야 한다. 어떤 사람은 곤경에 처했을 때 농담과 재치로 벗어나기도 한다. 다른 사람이 진지하게 받아들이더라도 재미로 받아들여야 할 때가 있다. 모든 사람의 마음을 끌어당기는 평온함을 보여라.

정보를 얻으려면 주의하라

우리는 시각이 아닌 정보로 살아간다. 우리는 사회에서 타인의 신뢰로 존재한다. 귀는 진실의 문이지만 거짓의 정문이다. 진실은 눈으로 보이는 것이 일반적이고, 귀로 듣는 것은 드물다. 격양된 감정으로 인해 만들어진 말들은 진실을 왜곡한다. 칭찬하는 사람에게는 신중하게, 비난하는 사람에게는 더욱 신중하게 받아들여야 한다. 말하는 사람의 의도를 주의 깊게 관찰하고, 그의 입장을 파악해야 한다. 반성을 통해 거짓과 과장을 구별하라.

매일 새롭게 태어나라

불사조처럼 불멸한 존재가 되도록 노력하라. 능력은 나이를 먹지 않고 명성도 사라지지 않는다. 관습의 진부함은 감탄을 약화시키고, 새로움은 오래된 탁월함을 덮어버린다. 용기와 천재성, 재산에서 새로움을 보여주고 매일 새롭게 떠오르라. 지난 날의 승리의 영광을 눈앞에 재현하라. 좋은 것이든 나쁜 것이든 극단으로 가지 마라. 오렌지에서 주스를 모두 짜내면 쓴맛이 나듯이, 극단으로 밀어붙이면 잘못된 것이 된다.

스스로에게 약간의 잘못을 허용하라

자신의 잘못에 대한 약간의 관대함을 가져라. 완벽할수록 시기 질투를 불러일으키며 완전하다는 이유로 정죄하기도 한다. 완벽함을 추구하기보다 불완전함을 받아들여서 인간적인 면모를 보여라. 여기서 비롯되는 작은 과실은 때로는 호감을 불러올 수 있다. 악한 의도를 가진 이들로 하여금 무장 해제 하게 만들고 질투를 피하도록 도울 것이다.

적을 활용하라

적을 활용하는 법을 배워라. 현명한 사람은 친구보다 적을 더 많이 활용한다. 적들은 우리가 평소 마주치지 않을 도전과 역경을 제공한다. 이 과정에서 우리를 더 강하게 만들고 성장하는데 도움을 준다. 자신을 대적하는 이들로부터 배우고 그로 인해 더 위대해졌다. 반면 아첨하는 사람이 증오심을 품은 사람보다 더 위험할 수 있다. 때때로 현실과 결점을 감출 수 있기에 적의 악의는 우리가 문제를 인식하고 개선하도록 돕는다. 경쟁이 치열하거나 적대적인 상황에서 더 집중하게 되고 주의 깊게 문제를 바라보게 된다.

소모 되지 말라

너무 많이 사용하다 보면 탁월함도 남용될 수 있다. 모두가 그것을 탐하면 모두가 괴로워한다. 아무에게도 쓸모가 없는 것은 큰 불행이고, 모두에게 쓸모가 있는 것은 더 큰 불행이다. 이 단계에 도달한 사람들은 얻음으로써 잃는다. 고로 탁월함을 절제하고, 자신의 탁월함을 드러내되, 표현하는 방식은 평범하게 하라. 덜 드러내면 더 많은 존경을 받는다.

악의적인 소문이 퍼지는 걸 예방하라

많은 사람이 모이면 악의와 비방이 존재한다. 단 한 건의 악담이 퍼지면 평판에 흠집이 생긴다. 소문의 원인은 눈에 띄는 결함이나 터무니없는 말들이다. 여기에 사적인 시기심이 악의적으로 더해질 때, 여러 사람에게 조롱을 당하게 된다. 현명한 사람은 이런 상황을 미리 예방한다.

문화와 우아함

인간은 야만인으로 태어나며, 문화에 의해 인간다워진다. 따라서 문화는 인간을 인간답게 만든다. 지식은 문화에 기여하고, 우아함이 없으면 뛰어난 지식도 조잡해진다. 지성뿐만 아니라 욕망과 대화도 우아해야 한다. 어떤 사람들은 타고난 우아함을 지니고 있지만, 어떤 사람들은 너무 천박해서 그들의 탁월함도 좋지 않은 평판을 가진다. 타고난 우아함을 보며 배워서 삶에 적용하는 게 필요하다. 우아함은 인간다운 삶을 만든다.

자비로움을 가져라

위대한 사람의 행동은 소박해서는 안 된다. 불쾌한 일에 대해 세세하게 캐묻지 마라. 모든 원인을 알 필요는 없다. 신사의 관대함과 용감한 사람에 걸맞은 행동을 하라. 불필요한 일에 신경 쓰지 마라. 이에 집착하는 건 바람직하지 않으며 일종의 광기다. 모든 사람은 자신의 이해 관계에 따라 행동한다. 중요한 일에 집중하라.

정신을 맑게 유지하라

얼굴을 볼 수 있는 거울은 있지만 마음의 거울은 없다. 신중한 자기 성찰이 그 역할을 대신 해야 한다. 재능과 능력, 판단력과 성향 모두를 알기 위해 깊이 자신을 성찰하라. 본인을 모르면 통제할 수 없다. 외적인 이미지를 개선하고 내면의 이미지를 완벽하게 유지하라. 지성의 힘과 업무 능력을 파악하고, 그것을 실행하기 위한 용기를 시험하며, 모든 일에 대해 기초를 안전하게 지키고 정신을 맑게 유지하라.

좋은 삶을 살아라

좋은 삶을 사는 것이 중요하다. 수명을 짧게 만드는 두 가지 요소는 어리석음과 부도덕이다. 어떤 이는 생명을 유지할 지혜가 없고, 어떤 이는 의지가 부족해 목숨을 잃는다. 미덕은 그 자체로 보상이지만 악덕은 그 자체로 형벌이다. 짧은 인생을 사는 사람은 이유가 있다. 반면 고결한 삶은 결코 죽지 않는다. 영혼의 견고함은 육체로 전달된다. 좋은 삶을 단순히 길게 사는 게 아니라 의미 있는 삶을 사는 것이다.

의문이 든다면 실패 할 확률이 높아진다

경쟁 상황에서 누군가가 행동할 때 마음에 의심이 있으면, 보는 사람들도 그 사람이 실패할 거라고 믿게 된다. 자신이 한 행동에 대해 나중에 차분히 생각해보면 그것이 얼마나 어리석은지 깨닫게 된다. 의심스러운 행동은 위험하니, 그런 행동은 하지 않는 편이 좋다. 지혜로운 사람은 불확실한 계획을 따르지 않고, 항상 이성적으로 생각하며 행동한다. 의심이 많은 상태에서 시작된 계획은 성공하기 힘들다.

지혜가 1순위다

모든 행동과 말의 첫 규칙은 지위가 높고 많을수록 더 많이 지켜야 한다. 1그램의 지혜는 수많은 영리함보다 더 가치가 있다. 비록 많은 박수를 받지 못할지라도 이것이 유일한 확실한 방법이다. 지혜의 평판은 명성의 마지막 승리다. 현명한 사람들의 판단이 진정한 성공의 시금석이기 때문에 현명한 사람들을 만족시키는 것만으로도 충분하다.

재능의 전체 범위를 알 수 없게 하라

뛰어난 사람은 자신이 느끼는 즐거움을 주변 사람들과 공유함으로써 그들의 삶을 풍부하게 만든다. 이런 탁월함은 삶을 더욱 즐겁게 만드는 것이며, 좋은 것들로부터 이득을 얻는 것은 마치 예술과 같다. 인간은 자연의 진화 과정에서 자기만의 독특한 모습으로 재창조되며, 예술은 그의 취향과 지성을 단련시켜 자신만의 작은 우주를 만들어 준다. 현명한 사람은 자신의 지식과 능력을 모두 드러내지 않고 일부만 보여줌으로써, 사람들로 하여금 그에 대해 더 많이 궁금해하고 존경하게 만든다. 그의 재능의 전체 범위를 알 수 없게 함으로써, 그에 대한 신비로움이 더 많은 존경을 이끌어내게 된다.

기대감을 유지하라

기대감을 유지하는 것이 중요하다. 적당한 규모에는 더 많은 걸 약속하고 위대한 행동에는 더 큰 걸 예고하라. 한 번의 주사위 던지기에 모든 것을 걸지 마라. 기대감이 사라지지 않도록 힘을 조절하라. 지속적으로 기대를 충족해야 한다.

이성의 중심을 잡아라

이성은 모든 판단의 중심이자 신중함의 기반이다. 이성을 잘 활용하면 성공을 효율적으로 이룰 수 있다. 이성은 소중한 선물로, 우리가 추구해야 할 가장 중요한 능력 중 하나이다. 이는 마치 전신 갑옷처럼 우리를 보호해 주며, 이성이 없다면 사람은 마치 무언가가 부족한 듯 불완전해진다. 삶의 모든 결정과 행동은 이성에 의해 결정되며, 모든 상황에서 지능적인 처리가 요구된다. 가장 합리적인 방향을 자연스럽게 추구하고, 가장 확실한 결과를 선호하게 된다.

평판을 얻고 유지하라

명성은 쓸모가 있다. 평판은 평범함이 흔한 만큼이나 드문 뛰어난 능력에만 붙기 때문에 명성을 얻는 데 비용이 많이 든다. 일단 획득하면 쉽게 보존할 수 있다. 명성은 많은 의무를 부여하지만 그 이상의 역할을 한다. 고귀한 힘이나 고귀한 행동으로 인해 일종의 숭배를 받고 일종의 위엄을 얻게 된다. 그러나 그것은 근거가 있는 평판일 때만 영구적으로 지속된다.

의도를 숨겨라

가장 실용적인 지식은 자신의 진짜 의도나 생각을 숨기는 데 있다. 자신의 전략을 모두 드러내면서 카드 게임을 하는 사람은 패배할 가능성이 높다. 늘 경계하고, 질문자의 궁금증에 직접적으로 대답하지 않으며, 그들의 호기심을 조심스럽게 관리해야 한다. 오징어처럼 먹물을 뿌려 상황을 흐리게 하고, 다른 사람이 자신의 취향을 알아채어 이용하거나 아첨을 통해 이용당하지 않도록 취향을 감추라.

철학을 잃지마라

사물은 외관대로만 보이는 것이 아니며, 진정한 모습은 숨겨져 있다. 내면을 꿰뚫어보는 사람은 드물고, 대부분은 겉모습만을 판단한다. 진실이 거짓처럼 보이거나 병들어 보인다면, 환상에 사로잡히지 않고, 현명하고 철학적인 접근을 가진 사람이 되어라. 오늘날 철학은 많은 의심을 받고 있지만, 옛날에는 현명한 사람들에게 가장 중요한 관심사였다. 사고의 예술은 과거의 명성을 잃었을지라도, 속임수를 통한 발견은 여전히 사려 깊은 사람들에게 진정한 영양소이며 고결한 영혼에게 진정한 기쁨을 준다.

다른 사람 의견에 목매지 말라

득표율이 높다고 해서 모든 것이 좋은 것은 아니다. 한 사람이 추구하는 바가 다른 이들을 억압할 수도 있다. 어떤 이는 자신의 생각대로 모든 걸 통제하려는 독재자가 될 수 있다. 세상에는 다양한 사람들과 다양한 취향이 존재한다. 일부 사람들의 비판에 좌절할 필요는 없으며, 그들이 싫어한다고 해도 다른 이들은 그것을 높이 평가할 수 있다. 박수를 받을 때 고개를 돌릴 필요도, 비난을 받을 때 낙담할 필요도 없다. 칭찬의 가치는 유명 인사나 해당 분야의 전문가들의 인정에서 비롯된다. 우리는 한 표, 한 유행, 한 세기, 한 시대에 얽매이지 않고 독립적인 가치를 추구해야 한다.

명예에는 책임이 따른다

행운과 지혜는 소화력에 따라 달라진다. 큰 행운은 소화력이 강한 사람에게 적합하고 어떤 사람에게는 배부름이, 다른 사람에게는 배고픈 상태가 적합할 수 있다. 많은 사람들은 큰일을 할 수 있는 소화력이 부족해 어려움을 겪는다. 그들에게 과분한 명예는 그들을 당황하게 하며, 높은 자리에서 큰 위험을 초래한다. 재능 있는 사람은 더 큰 일을 할 수 있음을 보여주어야 하며, 소극적일 필요가 없다. 단지 큰 명예에 큰 책임이 따르는 법이다.

정직한 우월함을 추구하라

비록 왕은 아니라도 왕처럼 품위 있는 행동을 유지하라. 행동은 숭고하게, 생각은 고상하게 하며, 모든 일에 왕처럼 처신하라. 힘은 부족할지라도 덕성은 갖춰야 한다. 진정한 권위는 흠잡을 데 없는 정직에서 비롯된다. 특히 왕좌에 가까운 사람들은 진정한 우월성을 추구해야 하며, 겉치레보다는 참된 존엄성을 유지하는 것이 중요하다.

디테일하게 관찰하라

일을 할 때 어떤 자질이 필요한지 판단하기 위해서는 세심한 주의와 분별력이 필요하다. 용기가 필요한 일도 있고, 재치가 필요한 일도 있다. 정직함을 요하는 일은 비교적 쉬운 반면, 영리함이 요구되는 일은 훨씬 어렵다. 사람을 다스리는 일은 복잡하고, 특히 이해력이 부족한 사람들을 관리하는 것은 더욱 어렵다. 일상에 변화를 주어 마음을 상쾌하게 하고, 여러 가지 일을 동시에 하는 것이 좋다. 타인에게 의존하지 않고 독립적으로 할 수 있는 일이 평판이 좋으며, 현재와 미래를 동시에 걱정해야 하는 일은 스트레스를 많이 준다.

간결하고 명료하게

한 가지 주제에만 집중하면 내용이 무거워질 수 있다. 간결함은 추구하라. 좋은 내용은 짧을수록 더욱 효과적이다. 장황한 설명보다는 간결하고 명료한 표현이 더 좋은 결과를 낳는다. 수다스러운 사람들은 종종 쓸모없는 역할을 하게 되는 반면, 현명한 사람은 지루함을 피하려 노력하고, 특히 중요한 사람들에게는 더욱 신경을 써야 한다. 좋은 말은 결국 좋은 결과로 이어진다.

존경을 강요할 수 없다

개인의 매력보다 품위에서 진정한 빛을 발하는 것이 더 중요하다. 인격을 가장하는 행위는 오히려 미움을 살 수 있다. 존경은 인격까지 보기 때문에 인위적으로 얻을 수 있는 게 아니다. 높은 지위에 오르려면 그에 걸맞은 권위가 필요하며, 자신이 맡은 직책의 의무를 충실히 수행하면서 품위를 유지해야 한다. 존엄은 강요할 수 없으며, 자신의 재능을 통해 자연스럽게 존경받아야 한다. 진정으로 가치 있는 사람이 되고 싶다면, 재능을 통해 그 가치를 인정받아야 한다.

자기만족을 표시하지 마라

자기 자신에 대한 불만을 품어서는 안 되지만, 동시에 공허한 자기만족에 빠져서도 안 된다. 대부분의 자기만족은 무지에서 비롯된다. 실제로 불신은 현명하고 심지어 유용할 수 있다. 불행을 미리 두려워하는 것은 그 불행이 실제로 닥쳤을 때 놀라움을 줄이고 위로를 제공할 수 있기 때문이다. 상황은 다양하게 변할 수 있지만, 자기만족은 그 변화를 인식하지 못하고 일관되게 남아 있다. 자기만족을 경계하라. 역사적 인물들조차도 때때로 실수를 했으며, 다 이겼다고 생각했지만 패배하는 순간도 있었다. 변하지 않는 것은 자기만족의 공허함과 그로 인해 계속 피어나는 어리석은 행동들이다.

합리적인 중간지점을 찾는 법

좋은 만남은 타인과 매너와 취향을 공유하는 일이다. 다른 사람과 의견을 맞추는 것이야말로 진정한 예술이다. 재능 역시 타인의 의견을 들으며 점진적으로 발전합니다. 서로 다른 것들이 조화를 이루면 세상을 더 아름답게 만든다. 친구나 동료를 선택할 때 이런 방식으로 접근하면 좋다. 때로는 극단적인 의견을 경험함으로써 더욱 합리적인 중간지점을 찾을 수 있다.

비관적으로 검열하지 마라

우울한 성격을 가진 사람들은 자신의 잘못이 아닌 것까지도 자신의 탓으로 여기며 모든 것을 비난하는 경향이 있다. 이런 태도는 때로 잔인하고 사악한 본성보다 더 해로울 수 있다. 그들은 문제를 과장되게 비난함으로써 상황을 더욱 악화시킨다. 반면에, 고귀한 성격을 가진 사람들은 실패했을 때 변명거리를 찾는 방법을 알고 있으며, 이를 통해 문제를 보다 건설적으로 해결할 수 있다.

침몰하는 배가 되기 전에 떠나라

배가 침몰하기 전에 떠나는 것이 현명한 자의 격언이다. 태양이 가장 밝을 때에도 구름 뒤로 물러나는 것처럼 마지막에 승리를 낚아채라. 사고의 기회에서 현명하게 물러나라. 존경심이 살아 있을 때 떠나라. 현명한 트레이너는 경주마가 넘어지기 전에 잔디밭에 눕힌다.

친구를 사귀라

친구는 마치 또 다른 나와 같다. 친구를 위해 항상 선하고 지혜로
운 행동을 하면, 그 관계는 저절로 좋아진다. 진정한 우정을 얻는
방법은 바로 친절하고 우호적인 행동을 하는 것이다. 우리는 친
구와 적 사이에서 살아가며, 매일 누군가에게 친절을 베풀면 그
사이가 점점 더 가까워진다. 어려운 시기를 함께 겪고 나면 그 관
계는 더욱 깊어진다.

선의를 얻는 게 가장 중요하다

가장 중요한 일은 큰 목표를 세우고 그것을 발전시키는 것이다. 사람들의 선의를 얻으면 자연스럽게 그들의 긍정적인 의견도 따라온다. 일부 사람들은 공로만을 중요시하며 감사하는 마음을 소홀히 할 수 있지만, 현명한 사람들은 진정한 봉사에는 선의가 필수적임을 안다. 선의는 용기, 열정, 지식, 재량과 같은 덕목을 통해 모든 일을 촉진하고 지원하며, 결점을 보지 못하게 한다. 선의는 같은 국적, 관계, 조국과 같은 공통의 관심사에서 비롯되기도 하고, 능력이나 의무, 명성과 같은 더 높은 수준의 공식적인 관계에서 나올 수도 있다. 모든 노력의 궁극적인 목표는 선의를 얻는 것이며, 이를 유지하는 것은 사실상 쉽다. 하지만 선의를 찾아내고 잘 활용하는 것이 중요하다.

번영 속에서 역경에 대비하라

여름철에 겨울을 대비해 미리 준비하는 것이 훨씬 현명하고 쉽다. 번영하는 시기에는 사람들이 호의적이고 친구를 쉽게 만들수 있다. 그러나 어려운 시기에는 도움을 줄 사람이 적고 비용도많이 들기 때문에 미리 대비하는 것이 중요하다. 친절하고 의무감 있는 사람들과의 좋은 관계를 잘 유지해야 한다. 그들의 가치는 시간이 지나면서 더 커질 수 있다. 자존감이 낮은 사람은 친구의 진정한 가치를 모르고, 힘든 시기가 오면 버릴 생각을 한다. 항상 좋은 관계를 잘 유지하고, 어려운 시기에도 도움을 받을 수있도록 준비해야 한다.

경쟁은 신용이 손상된다

모든 경쟁은 신용을 손상시킨다. 경쟁자는 우리를 가릴 기회를 노리며, 갈등은 문제를 드러낸다. 많은 사람들이 경쟁이 없는 동안 좋은 평판을 유지해왔다. 경쟁은 죽은 악의적인 소문을 되살리고 오래된 문제를 다시 불러일으킨다. 경쟁은 비하에서 시작하여 가능한 편을 많이 많드려고 한다. 무리를 지어서 경쟁자를 공격하기 위함이다. 선의를 가진 사람은 항상 평화롭고, 평판이 좋으며 품위가 있다.

서로 힘들 때 의존하게 된다

친한 친구의 실패는 받아들여야 한다. 그들이 우리에게 의존하거나 우리가 그들에게 의존하는 것은 피할 수 없다. 비참한 사람들과 함께 살기 어렵겠지만 그들 없이는 살 수 없는 경우도 있다. 영리한 사람들은 추악한 얼굴에 익숙해져서 필요할 때 혐오감을 느끼지 않는다. 처음에는 혐오감을 느끼지만 점차 적응한다.

명예로운 사람과만 행동하라

명예로운 사람들은 신뢰할 수 있으며, 그들 또한 당신을 신뢰할 것이다. 그들의 명예는 오해를 받았을 때 가장 확실한 증거가 된다. 명예로운 사람과의 분쟁은 불명예스러운 사람과의 다툼보다 훨씬 낫다. 파멸한 사람과는 진정한 우정을 기대하기 어렵다. 그들의 약속은 명예가 없기 때문에 믿을 수 없다. 따라서 명예가 없는 사람들과는 교류하지 않는 것이 좋다.

자신에 대해 말할 때 조심하라

자기 자신을 칭찬하거나 비난하는 것은 듣는 사람에게 기쁨을
주지 않는다. 일상적인 대화에서도 피해야 하며, 특히 대중 연설
에서는 더욱 피해야 한다. 자기 자랑한다고 생각할 수 있고 반대
로 자신을 지나치게 낮춘다고 생각할 수 있다. 다른 사람은 극단
적으로 생각할 수 있다. 듣는 이로 하여금 불쾌할 수 있기 때문에
다른 사람에 대해 말할 때에도 재치가 필요하다.

예의를 차리는 건 돈이 들지 않는다

예의는 사람들을 좋아하게 만들기에 충분하다. 예의는 문화의 주요 요소이며, 무례함은 사람들의 혐오를 불러온다. 예의를 지나치게 베푸는 게 부족한 것보다 낫다. 예의를 차리는 건 비용이 들지 않는 대신 큰 이득을 얻을 수 있다. 예의를 베푸는 사람은 명예를 얻는다. 공손함과 명예는 그걸 베푸는 사람에게 돌아온다. 이는 서로에 대한 존중과 인정이 결국 자신에게 긍정적으로 작용하는 걸 의미한다.

미움은 버려라

누군가가 이유 없이 당신을 미워할 수도 있다. 이런 악의는 우리가 다른 이들에게 베푸는 선한 의지를 넘어서기도 한다. 악의는 해를 끼치며, 항상 증오를 일으키는 사람들은 건강하지 못한 관계를 유지하게 된다. 증오는 한번 뿌리내리면 근절하기 어렵다. 현명한 사람은 존중받고, 악의적인 사람은 혐오받으며, 오만한 사람은 경멸받고, 어리석은 사람은 무시받는다. 존중받고 싶다면 다른 사람을 존중하는 태도를 보여야 한다.

실용적으로 살아라

지식도 시대에 맞춰야 한다. 생각과 취향은 시대에 따라 변한다. 구태의연한 사고방식에 얽매이지 말고 현대적인 감각으로 취향을 표현하라. 많은 사람의 취향이 표를 얻기 때문에 그것을 따라야 한다. 과거가 더 좋아 보일지라도 현재에 맞춰 자신을 적응시키라. 그러나 베풀고 잘해주고 친절을 베푸는 것과 같은 행동은 언제나 존재했다. 즉 시간이 얼마나 지나더라도 자비로운 마음을 가지는 건 변하지 않는 미덕이다. 진실을 말하고, 약속을 지키고, 좋은 사람은 시대를 초월한다. 미덕을 낯선 것으로 여기고 악덕을 당연한 것으로 여기는 것은 불행한 일이다. 현명하게 살고, 운명이 준 것을 높이 평가하라.

가만히 두어도 되는 일을 큰일로 만들지 말라

어떤 사람들은 모든 걸 가십거리로 만들고, 또 다른 사람들은 비즈니스로 만든다. 그들은 항상 과장하며 모든 것을 심각하게 받아들여 분쟁이나 비밀로 변질시킨다. 피할 수 있는 일이라면 너무 진지하게 받아들이지 말아야 한다. 중요하지 않은 일을 마음에 새기는 것은 어리석은 일이다. 많은 일들이 그냥 두면 아무것도 아닌 것이 되지만, 진지하게 받아들이면 큰 문제가 된다. 처음에는 쉽게 해결될 수 있는 일들이 나중에는 어려워진다. 때로는 치료법이 질병의 원인이 되기도 한다. '내버려 두는 것'은 인생의 중요한 규칙이다.

존경받는 지위를 얻는 방법

말과 행동을 분명히 구분하는 것은 다양한 곳에서 존경받는 지위를 얻는 중요한 방법이다. 이것은 단순히 말뿐만 아니라 표정, 심지어 걸음걸이에도 영향을 미친다. 진정한 존경은 어리석은 추측이나 과장된 말이 아니라, 진정한 장점과 결합된 뛰어난 재능에서 나오는 권위 있는 어조에서 비롯된다. 이는 모든 상황에서 존경받는 지위를 얻는 방법이다.

미덕을 과시하면 진정성이 사라진다

공로가 많은 사람일수록 종종 주변 사람들에게 피로감을 줄 수
있다. 과장된 행동은 자연스럽지 않아 보이며, 대부분의 사람들
은 더 자연스러운 태도를 선호한다. 미덕을 과시하는 사람은 오
히려 진정한 미덕이 없어 보일 수 있다. 어떤 일에 많은 고통을
감수하더라도, 그것을 감추고 자연스럽게 행동하는 것이 좋다.
현명한 사람은 아는 것을 모르는 척할 줄 알며, 이를 통해 다른
사람들의 호감을 얻는 방법을 알고 있다. 자신의 의견을 내세우
기보다는 다른 모든 사람의 의견에서 완벽을 추구해야 한다. 이
렇게 함으로써, 사람들은 당신을 두 배 더 존경하게 된다.

형편없는 후임자가 되지 말라

많은 사람에게 호의를 베푸는 것은 흔치 않은 일이다. 일을 마친 후에는 냉정함이 필요하지만, 선의의 보상을 얻는 방법도 있다. 자신의 능력과 재능을 최대한 발휘하고, 기분 좋은 태도를 유지하면 다른 사람에게 필요한 존재가 될 수 있다. 일부 사람들은 자신의 직위를 자랑스럽게 생각하지만, 모든 사람이 그렇지는 않다. 형편없는 후임자가 되어 전임자를 그리워하게 만드는 것은 결국 아무런 이득이 되지 않는다. 따라서 자신의 역할을 책임감 있게 수행하는 것이 중요하다.

자신의 결점을 다른 사람의
결점으로 덮지 말 것

다른 사람의 불명예를 걱정하는 것은, 사실 자신의 명예가 훼손될 수 있다는 두려움에서 비롯된 것일 수 있다. 어떤 이들은 자신의 결점을 다른 사람의 결점으로 가리려 하고, 이 과정에서 사건사고에 휘말리게 된다. 문제를 깊게 파고들수록 자신도 더러워지는 결과를 초래할 수 있다. 따라서 남의 흠을 퍼뜨리는 사람이 되지 않도록 하라. 이는 무의미한 일이고 자신의 얼굴에 침뱉는 격이다. 자신의 행동과 말이 어떻게 비춰질지 신중히 생각하라.

결함을 잘 숨겨라

자신의 욕망을 숨기고 결함을 더 숨겨야 한다. 모든 것이 때때로 잘못되지만 현명한 사람은 오류를 숨기려고 노력한다. 평판은 무엇을 했느냐보다 무엇을 숨겼느냐에 달려 있다. 우정 속에서도 자신의 잘못을 드러내는 일은 드물다. 할 수 있다면 스스로에게도 숨겨야 한다. 인생의 또 다른 위대한 규칙은 어리석음을 잘 숨기는 일이다.

은혜는 모든 걸 뛰어넘는다

은혜는 재능의 생명, 말의 숨결, 행동의 영혼이다. 완벽함은 우리의 본성을 장식하지만, 은혜는 완벽함 그 자체의 장식이다. 은혜는 자연의 선물이다. 부정적인 에너지로부터 자유롭게 만들고 자신을 믿을 수 있는 힘을 주고 완전함에 이르도록 돕는다. 은혜가 없으면 아름다움은 생명이 없고 우아함은 품위가 없다. 은혜는 모든 것을 뛰어넘는다.

높은 수준의 정신

신사가 되기 위한 중요한 자격 중 하나는 다양한 사람들에게 긍정적인 영향을 미치는 것이다. 이는 미각을 향상시키고, 마음을 더욱 고귀하게 만들며, 정신을 고양시키고, 감정을 다듬고, 품위를 높인다. 이 성질은 당신의 잠재력을 더 이끌어내고 잘못된 방향으로 가는 걸 바로 잡는다. 때로는 행동만으로는 부족할 때가 있는데, 그럴 때는 그 사람의 의지가 중요한 역할을 한다. 관대함, 관용, 그리고 영웅적인 자질은 그 근원을 은혜에서 찾는다.

불평하지 마라

불평은 결국 불신을 낳는다. 남의 동정을 받기보다는 스스로 해결할 수 있는 모범을 보이는 것이 더 좋다. 불평은 부정적인 분위기를 만들고, 하나의 문제를 드러내면 다른 문제를 변명할 기회를 만든다. 과거의 잘못에 대해 불평함으로써 미래의 잘못에 대한 변명거리를 만드는 행위다. 도움이나 조언을 구할 때, 불평만하면 다른 사람들로부터 무관심이나 경멸을 받을 수 있다. 그보다는 다른 사람의 친절이나 도움을 칭찬하는 것이 더 나은 관계를 만드는 길이다. 현명한 사람은 자신의 실패나 결점을 널리 알리지 않고, 조용히 해결하려 한다.

무엇을 하고 있는지 보여줘라

사물은 보이는 대로 판단되기 쉽다. 실제로 자신의 가치를 잘 드러내는 것이 더 큰 가치를 가진다. 보이지 않는 것은 마치 존재하지 않는 것처럼 다뤄질 수 있다. 아무리 옳은 일이라도 겉으로 그 가치가 드러나지 않으면 제대로 인정받지 못한다. 사람들은 종종 겉모습으로만 사물을 판단하며, 실제 내용과 겉모습이 다를 수 있다. 그렇기 때문에 좋은 외관은 내면의 가치를 알리는 중요한 수단이 된다. 이는 겉모습이 얼마나 중요한지를 보여주며, 실제로도 많은 상황에서 그렇게 작용한다.

최고의 정치술

영혼에는 용감한 행동을 이끌어내는 고귀한 마음이 있다. 이런 고귀한 마음은 성격을 우아하게 만든다. 하지만 큰 관대함이 필요한 만큼, 이런 마음을 가진 사람은 드물다. 고귀한 마음의 가장 큰 특징은 적에게도 좋은 말을 하고, 더 나은 행동을 한다. 복수할 기회가 왔을 때, 이 기회를 놓치지 않고, 상대가 굴복한 다음 완전한 승리를 통해 상대에게 예상치 못한 관대함을 보여준다. 이를 통해 더 큰 결과를 얻는다. 고귀한 사람은 승리를 거두면서도 자신을 과시하지 않는다. 오히려 겸손함이 돋보이며 자신의 장점을 드러내지 않고도 목표를 이룬다. 이는 훌륭한 전략이자 최고의 정치술이다.

선물과 거절은 심사숙고하라

선물이나 거절 같은 상황에서는 신중한 접근이 필요하다. 선물
은 즉각적으로 주는 것보다 신중히 고려한 후 주는 것이 더 가
치가 있다. 오랫동안 기대한 선물이 더 큰 가치를 가지기 때문이
다. 거절할 때는, 거절하는 방법과 시기를 신중히 결정해야 한다.
처음에는 강하게 거부감을 느낄 수 있지만, 시간이 지나면 그 감
정이 약해지기 마련이다. 답장을 미루는 것이 시간을 끌려는 의
도로 보일 수 있으니 주의해야 한다.

혼자 똑똑한 척 하면 미움 받는다

정치인도 예외는 아니다. 모두가 함께하면, 누구도 다른 사람보다 특별히 나쁘지 않는다. 혼자서 지혜롭게 보이려는 것은 오히려 어리석어 보일 수 있다. 물줄기를 따라 항해하는 것이 중요하다. 가장 큰 지혜는 때로 무지하거나 무지한 척하는 데서 나올 수 있다. 사람은 다른 사람과 함께 살아야 한다. 혼자서는 신이나 야수처럼 살아야 한다는 격언처럼, 여러 사람과 함께 현명해지는 것이 낫다.

두 배 늘려라

삶을 두 배로 풍요롭게 하려면 자원을 두 배로 늘려야 한다. 성공의 원인, 호의, 존경 등을 두 배로 유지해야 한다. 달처럼 변덕스러운 상황을 대비하기 위해, 현명한 사람은 좋은 자질과 유용한 자원을 두 배로 비축해야 한다. 자연이 우리에게 중요한 기관을 두 개씩 준 것처럼, 우리도 자질을 두 배로 키워야 한다. 성공은 이런 준비에 달려 있고 결정난다.

모든 일에 모순을 찾는 건
어리석음을 증명할 뿐

모든 일에서 모순을 찾는 건 어리석음을 증명할 뿐이다. 신중한 사람은 이를 철저히 경계해야 한다. 모순을 찾는 것은 영리함을 증명할 수 있지만, 결국 바보로 기록된다. 유쾌한 대화에서도 모순 찾기 전쟁을 벌이는 사람들은 동료에게 적으로 행동한다. 그들은 어리석고 잔인하며, 야생 짐승과 길들인 짐승을 함께 멍에를 메고 있다.

핵심에 집중하라

일의 본질을 파악하려면 핵심에 집중하라. 많은 사람들이 쓸데없는 토론이나 장황한 설명 속에서 진짜 문제를 놓친다. 중요한 핵심을 놓치지 않도록 자신을 보호하라. 무의미한 일에 시간과 인내를 낭비하지 말고, 나중에 그 일들에 대해 후회하지 마라.

내버려두는 기술

공적이든 사적이든 일이 거칠수록 내버려두는 기술이 중요하다. 인생에는 허리케인 같은 폭풍이 몰아칠 때가 있는데, 그럴 때는 항구로 물러나 닻을 내리고 기다리는 것이 현명하다. 자연의 흐름과 시간의 힘에 맡겨야 한다. 현명한 의사는 처방하지 말아야 할 때를 알고, 더 큰 기술은 치료법을 적용하지 않는 데 있다. 소란을 진정시키는 가장 좋은 방법은 손을 떼고 스스로 진정되도록 내버려 두는 것이다. 지금 양보하는 것이 곧 정복하는 길이다. 소란에 대한 최고의 치료법은 소란이 가라앉도록 기다리는 것이다.

불운한 날을 인식하라

운이 나쁜 날을 인식하고 대비하라. 두 번의 시도로도 오늘 운이 좋은지 아닌지 알 수 있다. 모든 것은 변화 속에 있으며, 마음조차도 항상 현명하지 않다. 일이 잘 되려면 그 날에 해야 한다. 어떤 날은 모든 일이 잘 풀리고, 어떤 날은 모든 것이 엉망일 수 있다. 재치가 발휘되고 운이 상승하는 시기를 놓치지 마라. 그러나 한 가지 사건만으로 그날의 운을 판단하지 마라. 하나는 행운일 수 있지만, 다른 하나는 단순한 성가심일 수 있기 때문이다.

사물의 장점을 한 번에 찾아라

인간의 시야는 사물의 장점을 한 번에 찾는 데 있다. 벌이 꿀을 찾듯이, 사람도 좋은 것을 찾는다. 많은 사람들은 수천 가지의 우수성 중 하나의 결점에 집착한다. 그들은 결함의 대차대조표를 작성하여 지능보다 나쁜 취향에 더 많은 공로를 돌린다. 수천 개의 결함 속에서 하나의 아름다움을 찾는 좋은 취향을 가지라.

자신의 말을 듣지 마라

다른 사람을 기쁘게 하지 않으면 자신을 기쁘게 하는 것은 무의미하다. 자신에 대한 관심은 아마도 다른 사람에게 비롯된 것이다. 혼자 있을 때 자기 자신에게 말하는 것은 어리석은 일이다. 다른 사람 앞에서 자기 자신의 말을 듣는 것은 더 어리석다. "제가 말씀드린 대로"와 "어?"를 반복하며 말하는 것은 듣는 사람을 당황하게 만든다. 그들은 매 문장마다 박수나 아첨을 바란다. 현명한 사람은 고집스럽게 잘못된 편을 택하지 않는다. 나쁜 무기로는 결코 이길 수 없다. 고집불통의 실패는 진리를 잃는 것이다. 현자는 정열의 편에 서지 않고 옳은 일을 발견하거나 개선한다. 적이 어리석다면, 그를 몰아낼 방법은 그 길을 가도록 두는 것이다. 그의 어리석음으로 인해 그 길을 버리게 될 것이다.

진부함을 피하기 위해 역설적이 되지 마라. 역설은 처음에는 박수를 받지만 나중에는 불신을 받게 된다. 정치적인 문제에서는 국가의 파멸을 초래할 수 있다. 어리석은 자들이 존경하지만 현명한 자들이 결국 진정한 선지자가 된다. 다른 사람의 것으로 시작하여 자신의 것으로 끝내라. 이것은 정치적 수단이다. 종교 문제에서도 기독교 지도자들은 이 거룩한 교활함을 강조한다.

상대방의 의지를 이끄는 미끼로 작용하기 때문이다. 처음에 항상 거절하는 사람도 마찬가지다. 이러한 충격을 완화하는 게 유용하다. 이는 인생의 미묘한 상황을 다루는 처세에 속한다.

약점을 드러내지 마라

모든 것이 그 약점을 공격하기 때문이다. 악의는 항상 우리의 허점을 찾아내려고 하기 때문에 불평하지 말라. 화를 내는 것은 아무런 도움이 되지 않으며, 오히려 더 큰 분노를 불러올 뿐이다. 악의는 상처를 건드리고 성질을 자극하려 다가온다. 현명한 사람은 자신의 개인적인 약점이나 유전적인 결점을 결코 드러내지 않는다. 운명조차 우리의 가장 연약한 곳을 노리기 좋아하기 때문이다. 약점을 보이면 오히려 모욕을 당하기 쉽다. 따라서 모욕이나 기쁨의 원인을 절대로 공개하지 마라. 자신의 허점을 다른 사람이 이용하지 못하게 해야 한다.

본질을 들여다봐라

사물은 겉보기와 다르며, 껍질 속을 보지 않는 무지는 진실을 이해하지 못한다. 거짓은 표면적으로 매력적이어서 어리석은 자들을 현혹시키지만, 진실은 항상 시간이 지나야 드러난다. 현명한 사람은 표면에 현혹되지 않고, 그 속에 숨은 진실을 찾는다. 신중함은 피상적인 것에 쉽게 속지 않는 지혜의 일부다.

친구의 조언은 참고하라

아무리 뛰어난 사람이라도 조언이 필요하다. 누구의 말도 듣지 않는 완고한 사람은 실패할 수밖에 없다. 높은 지위에 있는 사람도 친구의 충고를 받을 수 있어야 한다. 친구의 솔직한 조언은 우리의 부족함을 바로잡아 주고, 더 나은 선택을 할 수 있게 도와준다. 모든 사람에게 존경을 표하거나 공로를 인정할 필요는 없지만, 진정한 친구의 충고는 소중하게 여겨야 한다.

대화의 기술을 갖추라

대화는 일상적이지만 매우 중요한 활동이다. 대화로 인해 많은 것을 얻거나 잃을 수 있다. 말하는 방식은 그 사람의 개성을 드러내며, 지혜는 말 속에 담겨 있다. 대화에서 중요한 것은 상대방의 마음과 어조에 맞춰 적절히 응답하는 것이다. 경청하며 그 의견을 존중하라.

사물의 가치를 판단하라

사물의 가치는 표면적으로 드러나지 않는다. 군중이 가는 길을 따라가는 대신, 스스로 판단해야 한다. 칭찬과 명성을 통해 사물의 가치를 높이는 것은 중요한 기술이다. 모든 사람이 가치 있다고 생각하는 것은 실제로도 가치가 높다. 쉽게 접근할 수 있는 건 가치가 떨어지고 특이한 것을 추구하는 것은 미각과 지성을 만족시킨다.

미리 예측하고 움직여라

오늘을 위해 내일을 준비하고, 먼 미래를 계획하라. 선견지명은 문제를 미리 예측하고 대비하는 것이다. 수렁에 빠지기 전에 생각하고 준비해야 한다. 성찰은 강력한 어려움을 극복하는 데 도움을 준다. 많은 사람들은 먼저 행동하고 나중에 생각하지만, 먼저 생각하고 행동하는 것이 현명하다.

당신을 그늘에 가두는 동료는 절대 두지 마라

당신의 존재를 그늘에 가리는 동료는 바람직하지 않다. 당신을 돋보이게 하는 동료와 함께하라. 자신의 신용을 희생하여 다른 사람에게 영광을 돌리는 일은 피해야 한다. 저명한 사람들과 어울려 명성을 쌓고, 평범한 사람들과 어울려 조화를 이루라.

메워야 할 큰 틈이 있는 곳에
들어가지 않도록 주의하라

전임자를 능가하려면 그와 동등하거나 그보다 더 나은 성과를 내야 한다. 그러나 큰 격차를 메우는 것은 어렵다. 과거가 항상 최선인 것처럼 보이기 때문에, 전임자를 뛰어넘기 위해서는 추가적인 노력이 필요하다. 마치 소크라테스의 철학적 기초를 넘어서기 위해, '이데아론'을 제시하고 아카데미를 설립한 플라톤처럼.

가볍게 믿거나 좋아하지 마라

성숙한 사람은 무언가를 쉽게 믿지 않는다. 거짓이 가득한 세상이기 때문에 믿음을 갖는다는 건 신중해야 한다. 가볍게 믿으면 경멸에 빠지기 쉽다. 피해를 받기도 쉽다. 동시에 다른 사람의 선의를 의심하지 마라. 듣는 사람은 판단을 유보하고, 화자는 원래의 정보 출처를 확인해야 한다.

신중한 성찰로 열정을 조절하라

신중한 성찰로 열정을 조절하라. 열정을 잘 통제하는 것은 매우
중요하다. 필요한 지점까지만 열정을 유지하고, 그 이상은 넘지
않도록 하라. 분노에 빠지고 분노에서 벗어나는 기술을 익히라.
열정을 통제하려면 주의 깊게 자신을 다스리고 주의의 고삐를
단단히 잡아야 한다.

친구

경험과 시험을 통해 친구를 선택하라. 친구는 애정이 아닌 분별력으로 선택해야 한다. 현명한 친구는 걱정을 막고, 어리석은 친구는 걱정을 불러일으킨다. 친구를 사귀는 것보다 유지하는 것이 더 중요하다. 진정한 친구는 삶을 풍요롭게 만들고 힘듦을 나눌 수 있다.

말 한마디를 신중히 하라

경쟁자에게는 신중함을, 다른 사람에게는 겉모습을 보여주라. 말을 덧붙일 시간은 있지만 한 번 내뱉은 말은 돌이킬 수는 없다. 유언을 남기듯 신중하게 말하라. 말이 적고 신중할수록 사건 사고에 휘말리는 확률이 적어진다. 특히 가벼운 언행은 쉽게 넘어지거나 실패한다.

결함을 파악하라

모든 사람에게는 결함이 있다. 이 결함은 지성의 결함이며, 그것을 인식하고 고치는 것이 중요하다. 결함을 없애고 다른 자질을 발휘하는 것이 필요하다. 소크라테스는 자신이 모른다는 걸 인정하고 다른 사람과의 대화를 통해 지혜를 찾았다. 그는 자신의 결함을 인식하고 고치려는 노력을 삶에서 보였다.

경쟁자와 비난하는 사람을 이기는 법

경멸만으로는 충분하지 않다. 용감한 태도가 중요하다. 자신을 나쁘게 말하는 사람에 대해 잘 말하는 사람을 칭찬하라. 재능과 봉사로 경쟁자를 정복하는 게 가장 영웅적인 복수다. 율리우스 카이사르는 자신을 비방한 푸블리우스를 직접 공격하지 않고, 로마 시민들에게 봉사하며 자신의 인기를 높였다.

불행에 함부로 뛰어들지 말라

한 사람의 불행은 다른 사람의 행운일 수 있다. 불행한 사람들은 종종 쓸모없는 호의를 베풀며, 이를 통해 다른 사람들의 선의를 얻으려고 한다. 하지만 운명이 어떻게 바뀔지 주의해야 한다. 행운의 여신의 마음을 얻는 건 산을 옮기는 기적 만큼이나 쉽지 않은 일이다.

질문하고 듣고 계획하라

결과가 불확실한 것들에 대해 시도해보는 것은 중요하다. 성공 가능성을 시험해볼 수 있으며, 본격적으로 진행하거나 완전히 철회할 수 있는 기회를 준다. 사람의 의도를 시험해 자신이 어떤 상황에 처해 있는지 알게 되는 것은 현명한 선택이다. 이것이 질문하고, 요청하고, 계획하는 데 있어 중요한 법칙이다.

명예롭게 전쟁을 치르라

전쟁을 해야 할 때라도 정직하게 싸워야 한다. 다른 사람의 방식을 모방하지 않고 자신의 방식대로 행동하라. 인생의 전투에서 용맹함은 모든 사람의 찬사를 받는다. 단순한 힘이 아니라 그힘을 사용하는 방법으로 정복하기 위해 싸워야 한다. 비열한 승리는 영광이 아니라 오히려 불명예를 가져온다. 명예로운 사람은 비열한 수단을 사용하지 않으며, 신의를 잃지 않는다. 용맹, 관대함, 충실함을 가슴에 품고 있어야 한다. 영웅의 전쟁은 명예로운 법이다.

말의 사람과 행동을 구별하라

말과 행동을 구별하는 것은 중요하다. 나쁜 행동 없이도 나쁜 말은 충분히 해롭다. 공허한 말로는 신뢰를 얻을 수 없다. 말은 약속의 일종이며, 실천이 뒤따라야 한다. 잎만 무성하고 열매를 맺지 않는 나무는 쓸모가 없다.

위기의 순간에 더 당당해야 한다

위기에서 담대한 마음은 큰 도움이 된다. 자신을 믿고 프라이드를 잃지 않는 사람 앞에서는 불안, 걱정, 두려움 모두 사라진다. 불행에 굴복하지 않으면 견딜 수 있게 된다. 자신을 아는 사람은 자신의 약점을 강화하는 방법을 알고, 현명한 사람은 모든 것을 정복할 수 있다.

어리석음의 편심에 빠지지 마라

헛되고, 이기적이고, 신뢰할 수 없고, 변덕스럽고, 고집스러운 사람들과는 거리를 두어야 한다. 이런 무례함의 짐승 가죽을 뒤집어 쓴 괴물이다. 정신적 결함은 육체적 결함보다 더 불쾌하다. 자제력이 없는 사람은 다른 사람의 지도를 받을 수 없다. 머릿속에서 망상을 펼치며 허위 정보와 근거 없는 자신감을 가지는 것보다 현실을 직시하고 현실적인 조언을 받아들여야 한다.

모든 일에는 무언가를 예비해 두라

항상 예비책을 준비해 두는 것이 중요하다. 모든 능력과 힘을 한 꺼번에 사용하지 말고, 지식을 보강할 수 있도록 해야 한다. 패 배에 대비할 수 있는 예비군이 필요하다. 신중함은 안전을 보장 한다.

영향력 낭비는 금물이다

위대한 영향력은 중요한 일에 사용해야 한다. 사소한 일에 큰 영향을 낭비해서는 안 된다. 요즘에는 호의가 가장 값비싼 자산이다. 사소한 일로 큰 평판을 잃지 않도록 주의하라.

쾌락보다 살아가야 할 날이
더 많다는 걸 잊지말라

사물을 구분하는 방법을 아는 것이 그것을 즐기는 방법이다. 너무 빨리 재산을 다 써버리거나, 즐거움을 미리 소진하지 말라. 지식을 추구하는 데에도 절제가 필요하다. 즐거움보다 살아가야 할 날이 더 많다. 서두르지 않고 절제의 지혜를 유지하라.

신념을 가져라

진실된 사람은 언제나 믿을 수 있다. 거짓말과 속임수는 결국 나쁜 결말을 맞이한다. 진실만이 진정한 평판과 이익을 가져올 수 있다. 먼 훗날에 생을 마감 하기 전에 후회가 가득한 생이었다면 얼마나 탄식하겠는가? 세상의 모든 만물과 자연, 인간의 존재는 순리대로 흘러간다. 홀로 왔다가 생을 마감한다. 무덤 앞에서 부끄럽지 않은 삶을 위해 진실을 관철할 신념을 가져라. 신념을 가진 이들에게 거짓은 통하지 않는다.

지성의 결핍은 고칠 수 없다

본인이 뛰어난 지성을 가지거나 다른 사람의 지성이 없으면 진정한 삶을 살 수 없다. 지성의 결핍은 고칠 수 없다. 조언을 구하는 것은 자신의 무지를 잘 알고 있다는 증거다. 이러한 속성을 지닌 인물에게는 지혜의 은혜와 성장의 축복이 가득하다.

지나치게 친밀하면 존경을 잃는다

친숙한 자는 존경을 잃는다. 모든 친숙함은 경멸을 낳는다. 인간 관계에서 지나치게 노출되면 결점이 드러난다. 친숙함은 저속함의 참호이다.

당신을 믿으라

자신의 마음을 신뢰하라. 자연스럽게 불행을 경고하는 마음은
진실하다. 악을 정복하지 않는 한 악을 추구하지 마라.

내면의 질제를 중요시하라

비밀을 깊이 간직할 수 있는 자제력은 중요한 자질이다. 지혜의
안전은 내면의 절제에서 비롯된다. 과묵함의 위험은 교차 질문
과 아이러니를 피하는 것이다.

모든 가능성을 열어두라

현명한 사람은 다른 사람의 계획을 따르지 않는다. 판단은 다양하기 때문에 모든 가능성을 고려해야 한다. 반대로 적에게 정보를 주지 않으면 항상 유리한 위치를 차지할 수 있다.

진실은 마음의 창이다

진실은 마음의 창이다. 진실을 말하려면 조심해야 하며, 모든 진실을 말할 수는 없다. 일부 진실은 자신을 위해, 일부는 다른 사람을 위해 말해야 한다.

모든 것에 대담함을 더하다

신중의 지혜는 다른 사람을 두려워하지 않도록 자신의 의견을 조절하는 것이다. 상상력이 마음을 지배해서는 안 된다. 많은 사람들이 멀리서 보면 위대해 보이지만, 가까이서 보면 실망하게 된다. 누구도 인간의 한계를 넘을 수 없다. 모든 사람은 약점을 가지고 있으며, 존엄성은 권위를 부여한다. 행운은 종종 소유자의 열등감으로 인해 권위의 높이를 바로잡는다. 상상력은 사물을 실제보다 더 밝게 그리므로, 지혜는 성급하지 않아야 한다. 자립이 무지한 자에게 도움이 된다면 용감하고 현명한 자에게는 더욱 도움이 된다.

어리석은 이들이 확신을 잘한다

모든 어리석은 사람은 자신의 판단을 확신하고, 설득된 사람은 어리석다. 판단이 틀릴수록 더 확고하게 붙잡는다. 명백한 확실성이 있는 경우에도 양보하는 것이 좋다. 견해를 고수하는 이유는 주목받기 위해서이며, 양보하는 예의는 더 큰 인정을 받는다. 고집을 부리면 잃는 것이 더 많고, 승리는 진실이 아니라 무례함을 옹호하는 것이 된다. 고집은 마음이 아닌 의지를 위한 것이어야 한다.

형식에 집착하면 지루해진다

형식에 집착하면 재미없어진다. 열심히 하는 것이 오히려 지루하게 보일 때가 있다. 어리석은 사람들은 작은 예절에 집착하고, 존엄성을 지키려 하지만 작은 일에도 무너진다. 존경은 형식이 아니라, 그 사람의 진정한 가치로 생겨야 한다. 예절을 과하게 좋아하지도, 경멸하지도 않는 게 중요하다.

첫 실패를 대비하라

첫 번째 시도가 실패하면 큰 손해를 볼 수 있다. 첫 시도가 실패할 수 있으니 항상 두 번째 시도를 준비하라. 성공과 실패는 늘 함께 오므로 더 나은 방법과 자원을 준비해야 한다.

아무리 높은 위치에 있더라도 결함을 인식하라

아무리 고귀하게 보이더라도 악덕은 숨길 수 없다. 사람들은 종종 주인의 고귀함을 자랑하지만, 그 주인의 악덕은 변하지 않는다. 많은 위인들은 결함을 가지고 있지만, 그들의 위대함은 여전히 빛난다. 위인의 행동은 악덕을 미화할 수 있으며, 아첨하는 사람들에게 영향을 줄 수 있다.

증오의 무기를 휘두를 대리인이 필요하다

다른 사람에게 호의를 베푸는 것이 더 만족스럽다. 리더는 보상
과 처벌을 적절히 사용해야 하며, 좋은 일은 스스로 하고 나쁜 일
은 다른 사람에게 맡겨야 한다. 비난과 불만을 대신 받고 증오의
무기를 휘두를 대리인이 필요하다.

다른 사람의 욕구를 활용하라

다른 사람의 욕망을 활용해 목표를 이루는 것은 중요한 능력이다. 욕망이 크면 이를 이용해 더 많은 것을 할 수 있다. 욕구를 만족시키면서도 계속 의존하게 만드는 것이 중요하다.

평범한 게 위대한 것보다 오래간다

가치 없어 보이는 사람도 오래 살 수 있다. 행운은 위대한 것보다 평범한 것에 긴 생명을 줍니다. 덜 중요한 사람은 오래 살아남는다.

겉으로만 예의를 차려 사람을 속이지 마라

겉으로만 예의를 차려 사람들을 속이는 것은 사기다. 진정한 예의는 책임을 다하는 것이다. 가짜 예의는 속임수다. 존중은 권력을 얻기 위한 도구가 되어서는 안 된다.

평화로운 삶

갈등 없는 하루가 편안한 잠을 준다. 오랜 삶과 행복은 평화에서 비롯된다. 모든 것을 마음에 담아두면 어리석다.

교활함을 막는 유일한 방법

경계심을 가지는 것이 교활함을 막을 수 있는 유일한 방법이다. 자신의 의도를 명확히 하고, 다른 사람의 의도를 파악하는 것이 중요하다. 젊을 때는 더 조심해야 한다.

모든 사람에게 배울 건 있다

모든 사람에게 배울 점이 있다. 모든 상황을 잘 활용하는 방법을 아는 것이 중요하다. 현명한 사람은 모든 사람에게서 좋은 점을 찾고, 어리석은 사람은 나쁜 점만 본다.

비장의 수를 언제 활용할지 결정하라

운이 없는 사람은 무력하다. 자신의 운과 재능을 파악하고, 이를 최대한 활용하는 게 중요하다. 운은 비장의 수를 언제 어떻게 사용할지 결정한다.

바보를 업고 다니지 마라

어리석은 자를 멀리하는 것이 현명하다. 그들은 위험한 친구이자 파멸의 동반자이다. 바보는 똑똑한 이에게 도움 되지 않는다.

더 나은 직책을 원한다면 해외로 나가라

더 나은 직책을 원한다면 해외로 나가라. 고향에서는 선망의 시선과 존경심보다 시작점을 기억하며 시기질투 한다. 외국 것이 존중받는 이유는 먼 곳에서 왔기 때문이다.

지나치게 행복하면 오히려 불행해진다

지나치게 행복하면 오히려 불행해질 수 있다. 몸은 살아가고, 마음은 계속해서 꿈꿔야 한다. 모든 것을 가지면 오히려 실망하고 불만이 생긴다. 배울 때도 항상 호기심을 유지하면서 희망을 자극해야 한다. 과도한 행복은 치명적이다. 도움을 줄 때 완전히 만족시키지 않는 것이 좋다. 욕망이 없어지면 두려움이 남는다.

다른 사람이 바보라고 생각하는 사람

세상은 어리석음으로 시작되었으며, 인간의 지혜는 신에 비하면 부족하다. 가장 큰 바보는 자신이 똑똑하다고 믿고 다른 사람들을 무시하는 사람이다. 현명해지기 위해서는 자신의 부족함을 인정하고, 다른 사람의 의견을 존중해야 한다. 세상에는 많은 어리석은 사람들이 있지만, 아무도 자신을 어리석다고 생각하지 않는다.

말과 행동이 완벽한 사람

말과 행동이 모두 완벽한 사람이 되어라. 말은 지혜를, 행동은 마음의 선함을 보여준다. 둘 다 영혼의 고귀함에서 나온다. 말은 행동을 반영하고, 행동은 삶을 만든다. 명성을 퍼뜨리기보다 명성을 얻는 것이 중요하다. 행동은 생각의 결과이며, 현명한 행동은 좋은 결과를 낳는다.

시대의 위인을 알아보라

당신 시대의 위인들을 알아보라. 뛰어난 인물은 매우 드물다. 각
분야에서 정말 뛰어난 사람은 거의 없다. 세계적으로 한 명의 위
대한 장군, 한 명의 완벽한 웅변가, 한 세기에 한 명의 진정한 철
학자, 여러 나라에 정말 훌륭한 왕이 있을 뿐이다. 평범한 사람은
많지만, 뛰어난 사람은 매우 드물며 완벽함을 요구한다. 업적 없
이 얻은 명예는 의미가 없다. 역사에 남을 만큼 뛰어난 세네카와
아펠레스 같은 인물은 거의 없다.

쉬운 작업을 어렵게, 어려운 작업을 쉽게

어려운 일을 쉽게 보이도록 하고, 쉬운 일을 철저히 준비하라. 자신감을 유지하고, 실망하지 않도록 하라. 일이 완전히 끝났다고 생각하지 말고 계속 노력하라. 인내하면 불가능한 일도 극복할 수 있다. 위대한 업적은 어려움을 극복하려는 노력에서 비롯된다.

가장 큰 복수

경멸을 통해 원하는 결과를 얻는 것은 영리한 전략이다. 평범한 것은 큰 영향력을 갖지 못하고 쉽게 사라진다. 경멸은 은밀한 복수의 방법이다. 현명한 사람은 자신을 변명하거나 상대를 칭찬하지 않는다. 유명한 적과 싸우는 것은 가치 없는 사람들의 속임수다. 망각 속에 묻어버리는 게 가장 큰 복수다.

중용의 자세

감정에 휘둘리면 신중함을 잃고 문제가 생길 수 있다. 분노나 쾌락의 순간이 평소의 침착함보다 더 큰 영향을 미친다. 잠깐의 실수로 인생을 망칠 수 있다. 교활한 사람들은 유혹의 순간을 이용해 당신의 약점을 노린다. 중용의 태도는 긴급한 상황에서 중요한 대처 방법이다.

바보병으로 죽지 마라

현명한 사람은 상황을 모두 이해한 후에 죽지만, 어리석은 사람은 상황을 이해하기도 전에 죽는다. 바보병으로 죽는다는 것은 너무 많은 생각으로 죽음을 맞이하는 것이다. 어떤 사람은 너무 많이 생각하고 느끼기 때문에 죽고, 어떤 사람은 아무 생각이나 감정 없이 살아간다. 많은 사람이 어리석게 죽지만, 진정으로 어리석어서 죽는 사람은 드물다.

일반적인 어리석음에서 벗어나라

흔히 빠지는 어리석음에서 벗어나는 것은 특별한 지혜를 필요로 한다. 많은 사람들이 자신의 재산이나 지성에 만족하지 못하고, 다른 사람의 운명을 부러워한다. 과거의 일이나 먼 곳의 일을 더 가치 있게 여긴다. 지나간 모든 것이 최고로 보이고, 먼 모든 것이 더 좋아 보인다. 큰 바보는 불만으로 울고, 작은 바보는 만족하며 웃는다.

진실을 상처 없이 전하는 방법

진실을 말하는 것이 위험할 수 있지만, 해야 할 일이다. 진실을 상처 없이 전달하는 방법을 찾아라. 유쾌한 태도로 진실을 전달하면 효과적이다. 같은 사실도 어떻게 말하느냐에 따라 다르게 받아들여질 수 있다. 말을 이해하지 못하는 사람에게는 침묵이 답이다. 진실을 효과적으로 전달하려면 기술이 필요하다.

인생은 생각하기 나름이다

지옥에서는 모든 것이 비참하다. 지상에서는 이 둘 사이에 있다. 우리는 두 극단 사이에서 살며, 운명은 다양하다. 모든 것이 행운도 아니고 모든 것이 불행도 아니다. 이 세상은 그 자체로는 아무런 가치가 없지만, 천국을 바라보면 많은 의미가 있다. 삶은 복잡하지만 점차 해결된다.

작품의 마지막 손질은 나만의 것으로 남겨라

작품의 마지막 손질은 스스로 마무리하라. 제자를 가르칠 때도 자신만의 우월함을 유지하라. 지식의 원천을 가르치되, 기대에 부응하고 완벽하게 발전시키라. 비상금을 유지하는 것은 삶과 성공을 위한 훌륭한 규칙이다. 특히 높은 지위에 있는 사람들에게 중요하다.

은근한 의심은 비밀을 드러내는 데 유용하다

상대를 당황시키지 않고 정보를 얻는 방법을 알아야 한다. 은근한 의심은 비밀을 드러내는 데 유용하다. 상대의 말에 주의를 분산시켜 덜 경계하게 하고, 자신의 생각을 드러내게 한다. 의심은 호기심을 자극하는 열쇠. 학습에서 스승과 제자가 모순되는 것은 제자의 미묘한 계획이다. 제자가 학습 과정에서 스승과 의견이 다르거나 모순되는 상황을 일부러 만들어내는 전략적인 행동을 의미한다. 이는 단순한 반항이 아니라, 깊이 있는 이해와 발전을 위해 의도적으로 스승의 가르침에 도전하고 질문하는 것이다.

하나의 실수를 두 개로 만들지 마라

한 가지 실수를 바로잡기 위해 다른 실수를 저지르지 마라. 어리석음은 거짓말과 같아서 하나를 뒷받침하기 위해 여러 개의 거짓말이 필요하다. 가장 나쁜 것은 실수와 싸우는 것이다. 현명한 사람은 한 번 실수할 수는 있어도 두 번 실수하지 않는다.

원하는 걸 현명하게 얻는 방법

상대를 공격하기 전에 상대의 경계를 풀고 패배함으로써 정복하는 것은 사업가의 기술이다. 욕망을 이루기 위해 자신의 욕망을 해체한다. 신중함은 상대의 구실을 알아차릴 수 있다. 그는 다른 것을 얻기 위해 한 가지를 겨냥하고, 현명하게 목표를 향해 나아간다.

지혜롭게 표현하라

명확하게 말하는 것뿐만 아니라, 생각을 생동감 있게 표현하는 것도 중요하다. 어떤 사람들은 생각은 잘하지만 이를 잘 표현하지 못해 다른 사람들이 이해하지 못한다. 명확하게 생각하고 판단하지 않으면, 다른 사람들이 이해하기 어렵다. 많은 사람들은 말은 많지만, 생각이 부족하다. 결단력과 표현력은 중요한 자질이다. 혼란스러운 사람은 존경받기 어렵다. 때로는 저속함을 피하기 위해 모호하게 말할 수 있지만, 청중이 이해하지 못하면 소용없다.

사랑도 미움도 영원하지 않다

오늘의 친구가 내일의 적이 될 수 있고, 오늘의 적도 내일의 친구가 될 수 있다. 이런 가능성을 항상 염두에 두고 준비하라. 친구와 우정이 깨졌을 때 적이 되지 않도록 약점을 주지 말라. 반대로, 적과 화해할 수 있는 문을 열어두는 것이 더 안전하다. 오래된 원한은 현재의 고통이 될 수 있다. 우리가 저지른 잘못에서 얻은 기쁨은 결국 슬픔으로 바뀔 수 있다.

고집으로 행동하지 말고 지식으로 행동하라

고집으로 행동하지 말고 지식으로 행동하라. 고집은 통제되지 않은 열정에서 비롯된다. 매사에 갈등을 일으키고, 진정한 관계를 맺지 못하는 사람들이 있다. 그들은 모든 일이 반드시 승리로 끝나야 하며, 평화롭게 지내지 못한다. 이런 사람들은 지도자나 관리자로서 실패할 가능성이 크다. 그들은 반란을 일으키고 자신을 적으로 만든다. 모든 일을 너무 전략적으로 처리하려다 결국 아무것도 성공하지 못한다. 주위 사람들과 갈등을 일으켜 적을 만들고, 문제만 쌓는다. 그들에게는 혐오스러운 본성보다 야만성이 더 견디기 쉽다.

위선자를 피하라

요즘은 위선자들이 없어서는 안 될 존재처럼 여겨지지만, 그들을 피하라. 신중한 사람으로 보이는 것이 중요하다. 진실한 행동은 모든 사람을 기쁘게 하지만, 위선자는 속인다. 성실함이 순진함으로, 현명함이 교활함으로 보이지 않도록 하라. 위선자보다 현명한 사람으로 존경받아야 한다. 마음이 열린 사람은 사랑받지만 속기 쉽다. 진정한 기술은 속임수를 폭로하는 것이다. 과거에는 정직함이 중요했지만, 요즘에는 위선자가 득세하고 있다.

사자 가죽을 입을 수 없다면
여우 가죽을 사용하라

시대를 따라가는 것은 시대를 선도하는 것이다. 원하는 것을 얻는 사람은 결코 명성을 잃지 않는다. 힘이 통하지 않을 때는 지혜가 필요하다. 기술은 힘보다 더 많은 영향을 미치며, 영리함은 용기를 이길 때가 많다. 얻을 수 없는 것은 무시하라. 자신이나 타인을 곤란하게 할 기회를 찾지 마라. 일부 사람들은 좋은 매너를 무시하고 항상 어리석은 행동을 한다. 그들은 모든 것을 반대로 하며, 문제를 일으킨다.

신중해야 할 사람이
신중하지 않는 건 가장 나쁜 일이다

혀는 한 번 풀어놓으면 제어하기 어려운 사나운 짐승과 같다. 말을 조심하지 않으면 큰 문제를 일으킬 수 있다. 현명한 사람은 자신의 마음과 감정을 잘 관리한다. 특히 신중해야 할 사람이 그렇지 않은 것은 가장 나쁜 일이다. 현자는 걱정과 혼란에서 자신을 지키고, 자기 통제를 보여준다. 그는 공정함을 위해 두 얼굴을 가진 야누스처럼, 경계심을 위해 온몸에 눈이 있는 아르구스처럼 신중하게 행동한다.

기이한 행동은 지양하라

이는 애정 결핍이나 무심함에서 비롯된 것이 아니다. 많은 사람들이 기이한 행동을 보이는 놀라운 개인적 성향을 가지고 있다. 이는 뛰어난 장점이 아니라 약점일 뿐이다. 어떤 사람들은 외적인 행동에서 혐오감을 줄 수 있는 특이한 면을 나타내기도 한다. 이러한 특이함은 쉽게 조롱이나 비난의 대상이 될 수 있다.

최선의 측면에서 바라보라

모든 일에는 매끄러운 면과 거친 면이 있다. 잘못 사용하면 최고의 무기도 상처를 줄 수 있다. 중요한 것은 유리한 면을 찾아내는 것이다. 같은 일이라도 관점에 따라 다르게 보일 수 있다. 최선의 측면에서 바라보고 선과 악을 혼동하지 마라.

주요 결함을 파악하라

모든 사람은 자신의 가장 큰 장점에도 단점이 있다. 욕망에 의해 키워지면 폭군이 될 수 있다. 자신의 결함을 인정하고 신중하게 행동하라. 먼저 자신의 결함을 솔직하게 드러내라. 자기 자신을 알아야 진정한 주인이 될 수 있다.

사회적 기대에 등 떠밀리지 말라

대부분의 사람들은 진심보다는 사회적 기대나 책임에 따라 말하고 행동한다. 때로는 말도 안 되는 일도 쉽게 믿는 경우가 있다. 우리의 행동은 종종 다른 사람의 의견에 영향을 받는다. 사람에게 책임을 부여하는 것은 비용이 적게 들면서도 큰 도움이 된다. 말로 사람의 행동을 유도할 수 있다. 세상에는 우리가 필요로 하는 것들이 숨겨져 있는 곳이 많다. 항상 자신의 진짜 감정에 따라 주제에 대해 이야기하라.

첫인상의 노예가 되지 마라

어떤 사람들은 처음 들은 이야기만 믿고 다른 모든 정보를 무시한다. 진실은 처음 듣거나 보는 것에만 있지 않다. 우리는 처음들은 정보나 처음 받은 의견만으로 결정을 내려서는 안 된다. 첫인상의 노예가 되지 마라. 알렉산더 대왕은 항상 한쪽 귀로 듣고다른 쪽 귀로 확인하곤 했다. 두 번째 또는 세 번째 소식을 기다려라. 처음 듣거나 보는 것에만 의존하는 것은 판단력이 부족하다는 것을 의미한다.

남을 헐뜯는 걸 즐기면 최후는 뻔하다

남을 헐뜯는 사람으로 보이는 것은 좋지 않다. 다른 사람을 깎아
내리며 재치 있게 말하지 마라. 그것은 쉽지만 사람들에게 미움
을 받기 쉽다. 사람들은 자신을 헐뜯는 사람에게 복수하려 한다.
악한 행동은 절대 우리의 즐거움이나 화제가 되어서는 안 된다.
뒤통수를 치는 자는 항상 미움을 받는다.

인생을 현명하게 계획하라

우연에 맡기지 말고 신중함과 계획으로 인생을 설계하라. 오락이 없는 긴 여행은 지루하다. 다양한 지식은 다양한 즐거움을 준다. 의미 있는 인생을 살기 위해 첫 번째 단계는 과거의 지혜를 배우는 것이다. 두 번째 단계는 현재의 사람들과 함께 세상의 좋은 것들을 보고 배우는 것이다. 세 번째 단계는 자신을 돌보는 시간을 갖는 것이다. 마지막으로, 철학자가 되어 인생을 깊이 이해하고 받아들이는 것이 중요하다.

눈을 떠라

모든 사람이 현실을 제대로 파악하고 있는 것은 아니다. 상황을 늦게 깨닫는 것은 도움이 되지 않는다. 어떤 사람들은 이미 늦었을 때서야 비로소 상황을 인식한다. 의지가 없는 사람들에게 동기를 부여하는 것은 어렵다. 그들 주변의 사람들도 함께 어리석은 행동을 한다. 눈이 먼 기수가 말을 제대로 몰 수 없듯이, 상황을 제대로 파악하지 못하면 문제를 해결할 수 없다.

반쯤 완성된 것은 절대 보이지 마라

무언가는 완성되었을 때만 제대로 감상할 수 있다. 모든 시작은 불완전하고 기형적이다. 불완전한 것을 본 기억은 완성된 것을 감상하는 데 방해가 된다. 훌륭한 것은 완전히 완성되었을 때만 제대로 평가할 수 있다. 어떤 사물도 완성되기 전까지는 그 가치를 알기 어렵다. 가장 맛있는 요리가 준비되는 과정을 보는 것은 식욕을 떨어뜨릴 수 있다. 위대한 대가들은 자신의 작품이 완성되기 전에 보여주지 않도록 주의한다.

실용적으로 지식을 활용하라

삶은 생각만으로 해결되지 않는다. 구체적인 행동도 필요하다. 매우 현명한 사람들은 일상적인 일보다는 복잡하고 특별한 것을 더 많이 알기 때문에 오히려 속기 쉽다. 높은 목표를 바라보다가 일상의 작은 일들을 놓치기 쉽다. 이로 인해 평범한 사람들에 의해 무식하다고 간주되거나 무시당할 수 있다. 그래서 신중한 사람은 상인처럼 실용적인 감각을 가져야 하며, 실제 생활에 적응할 줄 알아야 한다. 지식이 실생활에 적용되지 않는다면 무슨 소용이 있는가? 오늘날 진정한 지식은 어떻게 살아가야 하는지를 아는 것이다.

상대의 취향을 정확히 파악하라

사람들의 다양한 취향을 고려하지 않고 무리하게 요구하면 오히려 불쾌감을 줄 수 있다. 어떤 사람에게는 칭찬인 말이, 다른 사람에게는 기분 나쁘게 들릴 수 있다. 선물이나 감사의 표현이 불편하지 않도록 상대방의 취향을 이해하고 조심해야 한다. 많은 사람들이 칭찬하려다가 오히려 상대를 불쾌하게 만드는 경우가 있다. 상대방의 취향을 알지 못하면 그를 기쁘게 할 방법도 모른다. 대화로 매력을 주려다가 오히려 지루하게 만들 수 있다.

다른 사람에게 명예를 맡기지 마라

침묵은 서로에게 이익이 되지만, 비밀을 폭로하면 서로에게 위험을 초래할 수 있다. 명예가 위태로울 때는 파트너와 함께 행동해야 하며, 각자가 자신의 명예를 위해 상대방의 명예를 지켜야 한다. 자신의 명예를 다른 사람에게 맡기지 말고, 만약 맡겼다면 신중하게 행동하라. 위험은 공동의 것이므로, 서로의 명예를 존중하는 것이 중요하다.

질문을 잘하는 방법

어떤 사람들에게 질문하는 것은 쉽지만, 다른 사람들에게는 어렵다. 쉽게 동의할 사람에게는 특별한 기술이 필요 없다. 그러나 까다로운 사람들에게는 첫 번째 대답이 항상 "아니오"일 수 있다. 이런 경우에는 질문의 기술과 타이밍이 중요하다. 상대방이 기분이 좋고, 편안할 때 질문하라. 기분 좋은 날은 요청을 받아들이기 쉬운 날이다. 상대방이 처음에는 거절했지만 나중에 긍정적인 반응을 보일 때 질문하는 것이 효과적이다.

의무감을 느끼게 하라

받을 자격이 없는 사람에게 먼저 호의를 베풀면, 그 사람에게 보답해야 한다는 부담을 줄 수 있다. 호의를 미리 베풀면 받는 사람에게 더 큰 책임감을 느끼게 할 수 있다. 이는 사람들에게 의무감을 느끼게 하는 방법이다. 하지만 이는 책임감이 있는 사람에게만 효과적이다. 직급이 낮은 사람에게는 미리 주는 사례금이 오히려 부담이 될 수 있다.

비밀을 말하거나 듣지 마라

비밀을 공유하는 것은 위험하다. 비밀을 나누는 것은 잠시 안도
감을 줄 뿐이다. 많은 사람들이 자신의 단점을 지적하는 사람을
피하려 한다. 우리는 우리의 진짜 모습을 본 사람을 좋아하지 않
으며, 우리를 안 좋게 본 사람을 더 싫어한다. 친구에게 비밀을
털어놓는 것은 특히 위험하다. 자신의 비밀을 다른 사람에게 말
하는 것은 자신을 그 사람에게 의존하게 만드는 것이다. 비밀을
말하거나 듣지 마라.

자신에게 필요한 것을 파악하라

많은 사람들이 자신의 결점을 보완했더라면 훌륭한 인물이 되었을 것이다. 자신을 중요하게 여기지 않으면 뛰어난 능력을 발휘하지 못할 것이다. 어떤 사람들은 높은 지위에 있을 때 필요한 자질이 부족하다. 절제력과 정리 능력이 없는 경우도 있다. 신중한 사람은 좋은 습관을 몸에 배게 할 수 있다.

지식보다 지혜를 중시하라

필요 이상으로 많이 알면 오히려 판단력이 흐려질 수 있다. 일반적인 진리가 가장 안전하다. 많이 아는 것은 좋지만, 아는 척하지 않는 것이 더 낫다. 길고 복잡한 설명은 갈등을 일으킬 수 있다. 상식적이고 균형 잡힌 판단을 하는 것이 중요하다.

어리석음을 활용하라

현명한 사람은 때때로 어리석은 척한다. 어리석은 사람에게 현명함을 드러내는 것은 소용이 없다. 어리석은 사람과는 그들이 이해할 수 있는 방식으로 소통하라. 어리석은 척하는 것은 때로 진정한 지혜다. 필요할 때 어리석은 척하면 오히려 더 많은 것을 얻을 수 있다.

농담을 할 때는 반응을 잘 살펴라

농담을 할 때는 상대방의 반응을 잘 살펴라. 상대방이 농담을 얼마나 받아들일 수 있는지 먼저 알아보라. 농담은 신중하고 재치있게 해야 한다. 상대방의 감정을 존중하면서도 불쾌하게 만들지 않도록 주의하라.

끝까지 밀고 나가라

어떤 사람들은 시작에만 열정을 쏟고 마무리를 짓지 못한다. 아이디어는 많지만 실행하지 않는다. 인내심이 매우 중요하다. 장애물을 극복한 후에도 성공을 끝까지 유지하는 법을 배워야 한다. 일이 좋다면 왜 끝내지 않는가? 나쁜 일이라면 왜 시작하는가? 현명하게 시작하고 끝까지 밀고 나가라.

뱀의 교활함과 비둘기의 순수함을 사용하라

뱀의 교활함과 비둘기의 순수함을 상황에 따라 번갈아 사용하라. 정직한 사람을 속이는 것은 쉽다. 속는 것은 어리석음 때문이 아니라 순수함 때문이다. 두 가지 유형의 사람이 있다. 희생을 통해 배운 사람과 관찰을 통해 배운 사람이다. 신중함과 교묘함을 결합하여 상황에 맞게 대처하라. 상황에 따라 유연하게 대처하라.

의무감을 조성하라

호의를 받은 것을 마치 자신이 호의를 베푼 것처럼 보이게 하는 사람들이 있다. 부탁을 통해 명예를 얻고, 다른 사람들의 찬사를 통해 이익을 얻는다. 그들은 매우 영리하게 상황을 관리하여, 다른 사람에게 도움을 받을 때도 마치 자신이 도움을 주는 것처럼 보이게 한다. 이런 교묘한 행동을 알아차리고 현명하게 대응하라.

높은 차원은 소수만 이해한다

당신과 의견이 충돌하지 않는 사람은 당신을 사랑해서가 아니라 자신을 사랑해서 그런다. 아첨에 속지 말고 비판을 받아들여라. 특히 선한 사람이 비판한다면 더욱 주의하라. 반대로 당신의 일이 모든 사람을 기쁘게 한다면, 그것은 가치가 없다는 신호일 수 있다. 완벽함은 소수의 사람들만이 이해할 수 있다.

요청하지 않는 한 만족을
넘어서는 선행을 하지 마라

필요 이상으로 주는 것은 오히려 해가 될 수 있다. 변명을 요구받지 않았을 때 변명하는 것은 자신을 비난하는 것과 같다. 건강할 때 불필요하게 피를 뽑는 것은 문제를 일으킨다. 변명은 예기치 않게 의심을 불러일으킨다. 현명한 사람은 의심을 받아도 그것을 드러내지 않는다. 행동의 진실성으로 의심을 해소하는 것이 최선이다.

알고 행하고, 적게 설명하라

어떤 이들은 지식보다 편안함을 중시한다. 하지만 시간은 우리의 가장 소중한 자산이다. 중요한 목표를 이루지 않고 시간을 낭비하는 것은 불행한 일이다. 과도한 일과 지식이 삶을 복잡하게 만들 수 있으니 주의하라. 그러나 기본적인 지식이 없으면 진정으로 의미 있는 삶을 살 수 없다.

최신 유행을 따르지 마라

최신 유행을 따라가는 사람들은 결국 모든 것을 잃는다. 그들의 감정과 욕망은 변덕스러워서 언제나 흔들린다. 자신만의 색을 가지지 못하고 다른 사람의 영향을 받는다. 이런 사람들은 평생 어린아이처럼 남아있다. 의지와 생각이 불안정해 흔들리는 삶을 산다. 자신만의 색을 가져야 한다.

중요한 공부는 미루면 안 된다

처음부터 즐거움만을 추구하고 중요한 일을 뒤로 미루지 마라. 중요한 일을 먼저 하고, 여유가 있을 때 덜 중요한 일을 하라. 성공을 원한다면 준비를 소홀히 하지 마라. 중요한 공부를 미루지 말고 지금부터 시작하라.

좋은 걸 나쁘게 나쁜 걸 좋게 말할 수 있다

상대가 이야기할 때 그들의 반응을 주의 깊게 보라. 어떤 사람들은 겉으로 "아니오"라고 말하지만 실제로는 "예"를 의미하고, "예"라고 말하지만 실제로는 "아니오"를 의미할 수 있다. 그들이 부정적으로 말하는 것은 종종 그 대상을 높이 평가하는 것이다. 칭찬한다고 해서 반드시 좋은 것을 의미하지 않을 수도 있다. 반대로, 나쁜 것을 칭찬하는 사람도 있다.

신적인 방법과 인간적인 방법을 함께 사용하라

마치 신의 도움이 없는 것처럼 최선을 다해 노력하고, 인간의 힘으로는 할 수 없는 일은 신에게 맡겨라. 이 원칙은 훌륭한 삶의 지침이다. 설명이 필요 없다.

자신에게도, 타인에게도 완전히 의존하지 마라

자신의 모든 것을 누군가에게 맡기는 것은 잘못된 일이다. 자신에게만 의존하지 말고 타인에게도 의존하지 마라. 자신의 운에만 기대지 말고, 때로는 타인의 도움을 받는 것이 현명하다. 공직에 있는 사람은 공공의 이익을 위해 일해야 한다. 자신을 위해 사는 것만큼 타인을 위해 사는 것도 중요하다.

지나치게 설명하지 마라

사람들은 자신이 이해하지 못하는 것을 잘 받아들이지 않는다. 가치를 인정받으려면 모든 것을 공개하지 말라. 상대보다 더 현명하고 신중하게 보여야 한다. 절제하고 과도하게 설명하지 마라. 사람들에게 비난할 기회를 주지 마라. 많은 사람들이 이유를 묻지 않고 칭찬한다. 이해하지 못하는 것을 신비롭게 여겨 더 존중하기 때문이다.

작은 악도 경멸하지 마라

행운은 결코 혼자 오지 않는다. 행운과 불행은 서로 연결되어 있다. 불운을 피하고 운이 좋은 사람들과 어울려라. 아무리 결백한 사람도 실수로 인해 문제가 생길 수 있다. 작은 실수도 치명적인 결과를 초래할 수 있다. 완벽한 행복이 없듯 불운도 완전하지 않다. 인내와 신중함으로 삶을 살아라.

한 번에 조금씩, 자주 선행을 실천하라

받는 사람이 갚을 수 없는 큰 선물은 하지 마라. 과도하게 주는 것은 오히려 부담을 줄 수 있다. 받는 사람이 보답할 수 없다는 것을 알게 되면 관계를 끊을 수도 있다. 친절을 낭비하지 마라. 많은 사람에게 친절을 베풀었다가 그 친절을 잃어버리는 것보다 더 많은 일을 할 필요는 없다. 사람들이 영원히 빚진 느낌을 받기보다는 원수가 되는 것을 더 나을 수도 있다. 작품은 자신을 만든 예술가를 계속 보고 싶어하지 않으며, 은인도 마찬가지다. 비용이 적게 들고 상대방이 진정으로 원하는 것을 주는 것이 더 많은 존경을 받는 길이다.

무례함에 맞서 방어하라

세상에는 많은 어리석은 행동과 말들이 있다. 이를 피하는 것이
현명한 행동이다. 매일 스스로를 보호할 준비를 하라. 그러면 어
리석은 공격을 물리칠 수 있다. 상황에 대비하고 저속한 상황에
서 자신의 평판을 보호하라. 현명한 사람은 무례한 행동으로 손
상되지 않는다. 인간관계는 우리의 신용을 흔들 수 있는 사건들
로 가득하니, 지혜롭게 대처하라. 율리시스처럼 어려운 상황을
지혜롭게 피하라. 오해를 피하고 정중하게 행동하라. 이는 곤경
에서 벗어날 수 있는 유일한 방법일 때가 많다.

문제가 커지기 전에 해결하라

우리의 평판은 항상 위태롭다. 친구든 적이든 모든 사람은 중요할 수 있다. 도움을 주는 사람은 적지만 해를 끼치는 사람은 많다. 독수리조차도 작은 딱정벌레와의 싸움에서 안전하지 않다. 숨겨진 적들은 언제나 기회를 노리고 있다. 화난 친구는 가장 쓰라린 적이 된다. 그들은 자신의 잘못을 다른 사람의 잘못으로 덮는다. 사람들은 보이는 대로 말하고, 자신이 바라는 대로 행동한다. 처음에는 선견지명이 부족하다고, 나중에는 인내심이 부족하다고 비난한다. 관계를 끊어야 한다면, 화를 내기보다는 자연스럽게 멀어졌다고 설명하라. 이는 현명한 해결 방법이다.

고민을 나눌 사람을 찾아라

위험 속에서도 혼자 있지 말고, 고통을 나눌 사람을 찾아라. 높은 지위에 있다고 해서 성공의 영광만을 누리고 패배의 굴욕은 혼자 감당해야 하는 것은 아니다. 함께 변명해주고 책임을 나눌 사람이 없다면, 어려움도 함께 나누는 것이 중요하다. 현명한 의사는 치료 실패 시 도움을 받을 동료를 찾는다. 불행은 혼자 있는 사람에게 두 배로 다가오니, 부담과 슬픔을 나누어라.

복수보다 호의로 전환하라

복수하는 것보다 피하는 것이 현명하다. 적을 내 편으로 만들거나, 우리를 공격하려던 사람을 친구로 만드는 것은 드문 지혜다. 감사로 가득 찬 마음을 만들면, 불안을 즐거움으로 바꿀 수 있다. 악의를 가진 사람과 우호적인 관계를 만들어라.

누구에게도 완전히 속하지 마라

모든 것을 내보이는 것과 존중하는 것은 다르다. 가장 친한 사람과도 모든 것을 털어놓아서는 안 된다. 친구에게도, 가족에게도 비밀은 필요하다. 어떤 것은 숨기고, 어떤 것은 공개하는 것이 중요하다. 사람들과의 관계에서 신중하게 행동하라.

어리석음을 피하라

많은 사람들이 실수를 저지르고도 이를 고집하며, 잘못된 길을
계속 가는 것이 강한 의지를 보여준다고 생각한다. 속으로는 후
회하지만 겉으로는 변명한다. 실수를 반복하면 결국 어리석은
사람이 된다. 경솔한 약속이나 잘못된 결심은 지킬 필요가 없다.
영원히 어리석은 사람이 되지 않도록 주의하라.

잊을 수 있어야 한다

잊는 것은 기술보다는 운의 문제다. 기억은 가장 필요할 때 혼란을 초래할 수 있다. 고통스러운 기억엔 적극적이지만, 행복하고 즐거운 일을 기억하는 데는 소홀하다. 종종 정신질환에 대한 유일한 치료법을 잊는 것이다. 즐겁고 좋은 일들을 기억하는 습관을 길러야 한다. 행복한 사람들은 소박한 행복을 순수하게 기억하며 사는 사람들이다.

소유보다 즐거움을 추구하라

항상 자신의 것보다 남의 것이 더 좋아 보일 때가 있다. 남의 물
건은 신선함과 색다른 즐거움을 준다. 모든 것을 소유하려는 욕
심은 오히려 진정한 즐거움을 방해한다. 다른 사람의 기쁨을 보
며 함께 행복을 느낄 수 있는 마음의 여유를 가져라.

부주의하지 마라

운명은 속임수를 좋아하며, 우리가 깨닫지 못하는 사이에 기회를 노린다. 우리의 지성, 신중함, 용기, 아름다움도 항상 준비되어 있어야 한다. 경솔하게 믿는 것은 결국 실망으로 이어진다. 가장 주의해야 할 때 부주의함이 파멸을 초래한다. 시련에 완벽하게 대비하는 것은 군사 전략의 일부다. 예상치 못한 순간에 우리의 용기를 시험한다.

역경을 통해 사람을 평가하라

물에 대한 두려움이 사람을 수영하게 만드는 것처럼, 많은 사람들이 어려움에 직면했을 때 자신의 능력을 입증했다. 어려운 상황은 용기와 지식, 재치를 발견하는 기회가 된다. 위험은 이름을 남길 기회이며, 고귀한 사람은 명예를 지키기 위해 많은 일을 해낸다. 가톨릭 여왕 이사벨라는 이런 원칙을 잘 알고 있었으며, 그녀는 부하를 어려움을 극복하게 하면서 많은 위대한 인물을 탄생시켰다. 그녀는 사람들을 성공으로 이끄는 방법을 잘 알고 있었다.

순수한 선함에서 악함으로 변하지 마라

화를 내지 않는 것은 감정을 억제하는 것이며, 이는 인간적인 면을 잃게 한다. 무능력에서 비롯된 무감각은 사람을 게으르게 만든다. 때로는 강한 감정을 표현하는 것이 필요하다. 새들이 허수아비를 조롱하듯, 단맛과 쓴맛을 결합하는 것은 좋은 맛의 표시다. 무감각은 단순히 선함에서 나오는 것이 아니라 오히려 위험할 수 있다.

마음의 여유를 가져라

화살은 몸을 관통하지만, 부정적인 말은 영혼을 상처 낸다. 부드러운 말은 마음을 맑게 한다. 말은 인생에서 위대한 예술이며, 대부분의 상황은 말로 해결된다. 불가능을 가능하게 만드는 것은 말의 힘이다. 사람을 기쁘게 하려면 마음의 여유를 가져야 한다.

현자는 어리석은 자가
하는 일을 단번에 해낸다

같은 일을 하더라도, 한 사람은 적절한 시점에 하고 다른 사람은 잘못된 시점에 한다. 마음이 혼란스러운 상태에서 시작한 사람은 끝까지 그렇게 계속된다. 현명한 사람은 해야 할 일을 알고 기꺼이 행하며, 그로 인해 명예를 얻는다.

참신함을 활용하라

신선함은 사람들을 기쁘게 한다. 새로운 것은 항상 주목받기 마련이다. 능력은 사용하면 닳아 없어지지만 신선함은 그렇지 않다. 신선함의 효과는 오래가지 않으므로 이를 잘 활용하라. 신선한 느낌이 사라지기 전에 그 기회를 최대한 이용하라.

모두를 기쁘게 하는 것을 정죄하지 마라

많은 사람을 기쁘게 하는 것에는 분명 좋은 점이 있다. 너무 독특한 것은 종종 미움을 받기 마련이다. 잘못된 판단으로 자신의 취향을 억지로 바꾸지 말라. 어떤 것에서 좋은 점을 찾을 수 없다면 무지를 드러내지 말고 비난하지 마라. 나쁜 취향은 지식의 부족에서 비롯된다.

안전한 것을 고수하라

때로는 주목받지 못하더라도 안전한 선택을 하라. 아무것도 모르면서 위험을 감수하는 것은 파멸을 초래한다. 아는 것이 적다면 안전한 길을 선택하라. 한 번 한 일은 되돌릴 수 없으므로 항상 신중하라.

숨은 의도를 파악하고 대비하라

예의는 사람들에게 책임감을 느끼게 하며, 관대함은 많은 부담을 지게 한다. 인간의 본성을 이해하면 그들의 의도를 알 수 있다. 우울한 사람은 불행을 예견하고, 소문을 퍼뜨리는 사람은 불행한 사건을 예견한다. 사람의 감정을 읽고 본성을 파악하라. 가십을 조심하고, 부정적인 사람에게 좋은 것을 기대하지 마라.

매력적으로 보이라

사람들의 호감을 얻기 위해 유쾌한 성격을 활용하라. 인정받으려면 사람들의 호감이 있어야 한다. 유행은 운에 따라 달라질 수 있지만, 진정한 매력은 노력으로 만들어진다. 사람들의 호감을 얻고 이를 지속적으로 키워나가는 것이 중요하다.

품위 있는 행동을 유지하라

항상 예의를 지키고 태도를 흐트러뜨리지 마라. 사람들의 호감을 얻기 위해 때로는 자신의 자존심을 조금 낮출 수 있다. 공공장소에서 신중하지 않으면 사생활에서도 신중하지 않게 여겨질 것이다. 잠깐의 쾌락 때문에 오랫동안 쌓아온 노력을 잃지 마라. 모든 일을 혼자 하려는 태도는 다른 사람들을 무시하는 것으로 비칠 수 있다.

재능을 적절히 드러내라

능력은 적절한 순간에 빛을 발해야 한다. 성공은 매일 오는 것이 아니기에, 능력을 드러낼 타이밍을 잘 잡아야 한다. 적은 것으로 많은 것을 보여주는 사람과 많은 것으로 전체를 보여주는 사람 사이에는 큰 차이가 있다. 여러 가지 능력에 그것을 잘 보여주는 능력이 더해지면 놀라운 결과를 낼 수 있다. 스페인 사람들은 이런 능력을 잘 보여주는 기술에서 최고로 평가받는다. 빛이 세상을 밝히듯, 능력의 적절한 표현은 새로운 가치를 만든다. 그러나 능력을 보여주는 데도 기술이 필요하다. 뛰어난 능력도 상황에 따라 달라질 수 있으며, 항상 적절한 것은 아니다. 과도한 자랑은 비난을 초래할 수 있으며, 현명한 사람들은 이를 경계한다. 자신의 능력을 한꺼번에 드러내지 않고, 시간을 두고 조금씩 보여주는 것이 현명하다. 첫 번째 성공에 대한 칭찬은 다음 성공에 대한 기대감으로 이어져야 한다.

악명을 피하라

너무 뛰어난 것도 문제다. 나쁜 평판은 항상 비난을 받게 하며, 너무 독특하면 사람을 외롭게 만든다. 아름다움조차도 지나치게 주목받으면 불신을 받는다. 어떤 사람들은 나쁜 행동을 통해 주목받으려 한다. 지식도 지나치면 과장된 표현으로 변질될 수 있다.

모순을 경계하라

말이 앞뒤가 맞지 않는 이유가 교묘한 속임수인지 아니면 단순한 무지에서 나왔는지 구별해야 한다. 고집이 아니라 교묘한 속임수일 수도 있다. 속임수는 위험을 초래할 수 있으니 주의하라. 불순한 의도를 가진 사람들에 대한 경계심을 높여야 한다. 항상 경계심을 유지하는 것이 최선이다.

신뢰를 지켜라

정직한 거래는 사라지고, 믿음은 흔들리며, 약속을 지키는 사람은 거의 없다. 세상은 거짓과 속임수로 가득 차 있다. 그러나 이러한 상황에서도 우리의 청렴성을 잃지 말아야 한다. 정직한 사람은 다른 사람의 행동을 보아도 자신이 누구인지 잊지 않는다.

현명한 사람들과 함께 호감을 얻어라

지혜로운 사람의 미지근한 칭찬이 평범한 사람들의 모든 박수보다 더 가치 있다. 현명한 사람의 칭찬은 영원한 만족을 준다. 많은 사람들의 찬사를 좇기보다는 진정한 지혜자의 칭찬을 받아라. 심지어 왕도 학자나 지식인의 도움이 필요했고, 평범한 사람들보다 그들을 더 두려워했다.

자신을 드러내지 않음으로써
존중 받을 수 있다

너무 자주 보는 사람의 명성은 떨어지지만, 잠시 떠나 있으면 명성은 높아진다. 자리를 비울 때 사람들은 더 그리워하고 가치 있게 여긴다. 재능은 사용함에 따라 닳아 없어지지만, 상상력은 계속해서 자극 받는다. 자신을 드러내지 않음으로써 더욱 존중받을 수 있다.

천재성은 박수 받을 자격이 있다

천재성은 특별한 선물이다. 많은 사람들이 발견을 할 수 있지만, 진정한 재능은 이를 먼저 찾아내는 소수에게 있다. 참신함은 성공하면 큰 영광을 가져온다. 그러나 지나친 참신함은 위험할 수 있다. 성공한 천재는 박수를 받을 자격이 있다.

무리하지 마라

자신을 과도하게 드러내면 안 된다. 자신을 존중하지 않으면 다른 사람도 존중하지 않는다. 요청 없이 나서지 말고, 자신을 드러낼 때 적절한 순간을 선택하라. 부끄러움을 모르는 사람은 항상 비난의 대상이 된다.

다른 사람의 불행에 휘말리지 마라

불행한 사람들을 주의하라. 그들은 자신의 불행을 나누기 위해 다른 사람을 찾는다. 힘든 상황에 처한 사람을 도울 때는 큰 주의가 필요하다. 불행한 사람과 함께하면 자신도 불행해질 수 있다.

책임을 모두 짊어지지 마라

모든 것을 책임지려 하면 만인의 노예가 된다. 다른 사람의 도움
을 받으며 자유를 지키는 것이 더 현명하다. 너무 많은 호의를 베
풀면 사람들은 당신에게 의존하게 된다. 책임을 호의로 여기지
말고, 다른 사람의 계획에 말려들지 마라.

열정적으로 행동하지 마라

그렇게 하면 모든 것을 잃는다. 자신을 위해 행동하지 않으면 열정이 이성을 밀어내게 된다. 이럴 때는 스스로 냉정을 유지해야 신중할 수 있다. 관찰하는 입장에서 상황을 보면 더 명확하게 판단할 수 있다. 이성을 잃고 있다는 것을 깨달으면 현명하게 후퇴하라. 피를 흘리는 것보다 빠르게 상황을 정리하고, 잠시 후 며칠 동안 자신과 상대방에 대한 불만을 반성할 기회를 가질 수 있기 때문이다.

적절한 상황에 맞춰서 행동하라

행동과 생각은 항상 상황에 맞춰 결정되어야 한다. 시간과 흐름은 우리를 기다리지 않는다. 기본적인 덕목을 제외하고, 어떤 고정된 규칙에도 얽매이지 말라. 오늘 버린 물을 내일 마셔야 할 수도 있으니, 의지가 고정된 조건에 종속되지 않도록 하라. 어떤 사람들은 모든 상황이 자신의 변덕에 굴복해야 한다고 기대한다. 그러나 현명한 사람은 신중함이 변화에 맞춰 방향을 잡는 데 있다는 것을 알고 있다.

나이 들수록 무게감을 가져라

지나치게 인간적인 모습을 보이면, 더 이상 특별한 존재로 여겨지지 않는다. 경박함은 평판에 악영향을 미친다. 사람들은 봉사하는 이를 인간 이상으로 여기지만, 경박한 사람은 가볍게 본다. 실패는 이런 존경의 상실을 초래하지 않지만, 경박함은 굳건한 진지함과는 반대다. 경박한 사람은 나이가 들어도 무게감 있는 사람이 되기 어렵고, 나이가 들수록 신중함이 필요하다. 이 결점은 매우 흔하지만 그다지 경멸받지는 않는다.

지나치게 두렵거나
사랑 받는 존재는 되지 마라

보통 존경받고 싶다면 미움을 사지 않으려 한다. 사랑은 미움보다 더 민감한 감정이다. 사랑과 명예는 쉽게 어울리지 않는다. 그러므로 지나치게 두려움을 주거나 사랑을 받으려는 목표를 가지지 말아야 한다. 사랑은 친밀함을 일으키고, 이 친밀함이 커질수록 존경은 사라지게 된다. 열정적인 사랑보다는 존경을 기반으로 한 사랑이 많은 사람에게 더 적합하다.

깊은 관찰과 분별력을 가져라

지혜로운 사람은 악인의 함정에 빠지지 않도록 주의해야 한다. 다른 사람의 판단을 시험하려면 큰 분별력이 필요하다. 채소와 광물의 특성보다 사람의 특성과 본성을 이해하는 것이 더 중요하다. 이는 인생에서 가장 중요한 지혜 중 하나다. 금속은 소리로, 사람은 목소리로 구별할 수 있다. 말은 진실의 증거이고, 행동은 그 이상의 증거다. 이를 위해서는 특별한 주의, 깊은 관찰, 미묘한 분별력, 신중한 결정이 필요하다.

개인의 자질이 직위의 자질을
능가하도록 하라

그 반대가 되어서는 안 된다. 높은 지위에 있을지라도, 사람 자체가 더 높아야 한다. 넓은 마음을 가진 사람은 직위가 높아질수록 자신의 능력이 더욱 확장된다. 반면에 좁은 마음을 가진 사람은 쉽게 낙담하고, 책임과 명성이 줄어들어 슬픔에 빠진다. 위대한 아우구스투스는 위대한 왕자가 되는 것보다 위대한 사람이 되는 것을 더 중요하게 여겼다. 고상한 마음은 적절한 자리를 찾고, 확고한 자신감은 기회를 찾는다.

성숙함을 가져라

성숙함은 외모보다 행동에서 더 잘 드러난다. 재료의 무게가 귀금속의 가치를 나타내듯, 도덕적이고 귀중한 사람의 가치는 성숙함에 달려 있다. 성숙함은 능력을 완성하고 존경을 불러일으킨다. 침착한 태도는 영혼의 표면을 형성한다. 그것은 경박함 같은 어리석고 무감각한 태도가 아니라 차분한 권위의 어조로 구성된다. 이런 사람에게는 말이 연설이고 행동이 실제다. 성숙은 사람을 완성시키며, 각 사람은 성숙함을 소유한 만큼 완전한 사람이 된다. 어린아이 같은 태도를 버리면 비로소 진지함과 권위를 얻기 시작한다.

모든 인간은 자신이 옳다고 믿는다

모든 사람은 자신의 관심사에 따라 의견을 갖는다. 사람마다는 충분한 근거를 제시하지만, 대부분의 사람들은 자신의 성향에 따라 판단을 내린다. 두 사람이 상반된 견해를 가지고 만나도 각자 자신이 옳다고 생각한다. 그러나 이성은 언제나 진실하며 두 얼굴을 가지지 않는다. 이런 상황에서 신중한 사람은 자신의 결정을 의심할 수 있기 때문에 신중하게 일을 처리한다. 상대의 입장이 되어 그의 의견에 대한 이유를 조사하라. 그러면 그를 비난하거나 자신을 혼란스럽게 정당화하지 않게 된다.

선택하지 않은 항목에 영향을 주지 마라

수많은 주장이 근거 없이 왜곡되고 있다. 매우 냉정한 사람들은 모든 것을 신비롭게 만든다. 사람들의 관심을 받으려는 사람들은 다른 이들에게 웃음을 준다. 허영심은 언제나 불쾌하지만, 여기서는 더욱 비열하다. 이 명예를 추구하는 사람들은 작은 공적을 모으기 위해 애쓴다. 당신의 공적이 클수록 다른 사람에게 미치는 영향은 줄어든다. 행동에 만족하고, 말은 다른 사람에게 맡겨라. 당신의 업적을 나누되 팔지 마라. 쓸데없는 칭찬을 남기지 말고, 다른 사람들의 비웃음을 받지 마라. 단순히 영웅으로 보이기보다는 진정한 영웅이 되기를 열망하라.

고귀한 자질

고귀한 자질이 고귀한 인물을 만든다. 고귀한 자질 하나가 수많은 평범한 특성보다 더 소중하다. 과거에는 자신의 모든 소유물, 심지어 가정 용품까지도 가능한 한 위대하게 만든 사람이 있었다. 위대한 인물은 자신의 영혼의 자질도 최대한 위대하게 여겨야 한다. 신 안에서는 모든 것이 영원하고 무한하다. 따라서 영웅에게는 모든 것이 장엄하고 위대해야 하며, 그의 모든 행동과 말이 초월적인 위엄으로 가득 차야 한다.

항상 내 행위가 보이는 것처럼 행동하라

항상 자신의 행동이 다른 사람들에게 보일 것이라고 생각하라.
벽에도 귀가 있고, 나쁜 행위는 반드시 드러난다는 것을 알아야
한다. 혼자 있을 때에도 온 세상이 자신을 주시하고 있는 것처럼
행동해야 한다. 결국 모든 것이 밝혀질 것을 알기 때문에 나중에
증인이 될 사람들을 염두에 두라. 자신의 행동이 알려질 것을 알
고, 이웃이 담 너머로 자신을 보는 것에 신경 쓰지 말라.

하늘이 내린 선물

풍부한 천재성, 깊은 지성, 세련된 미각은 하늘이 준 가장 귀한 선물이다. 잘 생각하는 것은 좋지만, 바르게 생각하는 것은 더 좋다. 이것이 선을 이해하는 것이다. 판단이 중심에 머무르는 것은 쓸모보다 더 큰 문제가 될 수 있다. 바르게 생각하는 것은 합리적인 본성의 결과다. 스무 살에는 의지가, 서른 살에는 지성이, 마흔 살에는 판단력이 지배한다. 어둠 속에서도 빛나는 마음은 가장 어두운 순간에 가장 선명하게 빛난다. 다른 사람들은 상황에 더 잘 적응한다. 그들은 항상 비상사태에 맞는 결정을 내린다. 이러한 능력은 많은 것을 창출하고 풍요로운 행복을 만들어낸다.

어렵게 얻은 행복은 즐거움이 크다

입술에서 꿀 한 방울이라도 남기지 말라. 필요는 가치를 평가하는 기준이다. 물리적 갈증을 완전히 채우지 않고 적당히 해소하는 것이 좋은 맛을 유지하는 비결이다. 작은 것이 훌륭하면 그 가치는 두 배가 된다. 쾌락을 지나치게 탐닉하면 위험하며, 최고 권력자의 악의를 부를 수 있다. 진정한 만족을 느끼려면 약간의 갈증을 남겨 욕구를 유지해야 한다. 욕망을 자극하려면 쾌락의 과잉보다 욕망의 긴박함을 이용하는 것이 낫다. 어렵게 얻은 행복은 두 배의 즐거움을 준다.

영웅의 자질

모든 것은 단번에 요약된다. 미덕은 모든 완벽함을 연결하는 고리이자 그 중심이다. 미덕은 사람을 신중하고 현명하게, 조심스럽고 지혜롭게, 용감하고 사려 깊게, 신뢰할 수 있고 행복하며 명예롭고 진실된 영웅으로 만든다. 건강, 순수함, 평온함이라는 세 가지가 사람을 행복하게 한다. 미덕은 작은 우주의 태양이며, 반구에는 선한 양심이 있다. 미덕은 너무 아름다워서 신과 인간 모두의 호의를 얻는다. 미덕 외에는 사랑할 만한 것이 없고, 악덕 외에는 혐오할 만한 것이 없다. 오직 미덕만이 진지하며, 다른 모든 것은 농담에 불과하다. 사람의 능력과 위대함은 재산이 아니라 미덕으로 평가받아야 한다. 미덕은 모든 것을 갖추고 있다. 미덕은 사람을 살아서도 사랑받고 죽어서도 기억되게 만든다.

편역자의 글

모든 건 명분이다

모든 건 명분에 불과하다.

자신의 목적을 위해 좋은 포장지를 찾아 그럴듯하게 포장한다.

하지만 그건 전부 허울 좋은 눈속임일 뿐

사람은 어떤 것의 노예로서 그것에 종속되어 살아갈 뿐이다.

증명

고난을 겪지 않는 사람보다 불행한 사람은 없다.
그는 자신을 증명할 기회가 없기 때문이다.

너 자신을 알라

소크라테스의 열정적인 친구이자 제자인 카이레폰이 델포이의 아폴론 신전으로 가서 아폴론 신에게 여쭈어 보았다.

"아테네에서 가장 현명한 사람이 누구입니까?"

그러자, 신은 피티아를 통해 이렇게 대답해 주었다.

"소크라테스가 만민 중에서 가장 현명하다."

이 신탁을 듣고 기뻐하던 카이레폰이 소크라테스에게 전했을 때, 소크라테스는 크게 놀랐다. 그는 스스로 무지하다는 것을 잘 알고 있었기 때문이다. 소크라테스는 신탁의 진의를 알고자, 자타가 현명하다고 공인하는 정치가들, 예술가들, 기술자들을 차례로 찾아가서 이것저것 물어 보았다. 그러나 그들은 참된 지혜를 알지도 못하면서 아는 것처럼 자만에 빠져 있었다. 그때서야 그는 자신의 사명을 자각하였다.

'그들은 자신이 모른다는 사실을 모르고 있다.'

'난 내가 모른다는 사실을 알고 있다. 그렇기에 내가 현명하다.'

그래서 그는 델포이 신전에 새겨진 '너 자신을 알라!'라는 금언을 좌우명으로 삼고, 시민들의 부패하고 마비되고 타락한 양심을 일깨우고자 했다. 그 후 그는 70세 때까지 신탁을 통해 자신에게 부과된 사명인 아테네의 쇠파리 노릇을 하며 살았다.

당신은 인간이다

6시간이 아니라 8시간 자라.

4시간이 아니라 2시간만 읽어라.

4시간이 아니라 1시간만 운동하라.

10시간이 아니라 4시간만 집중해서 일해라.

당신은 기계가 아니라 인간이다.

이 순간을 살아라

100년 후,

우리는 모두 가족과 친구들과 함께 묻힐 것이다.

우리가 열심히 짓고 쌓은 우리의 집에는

낯선 사람들이 살게 될 것이고,

오늘 우리가 가진 모든 것은 다른 사람의 소유가 될 것이다.

우리의 후손들은 거의 우리가 누구인지 알지 못할 것이며,

우리를 기억하지도 않을 것이다.

우리의 할아버지의 아버지가 누구였는지 아는 사람이 얼마나

있을까?

우리가 죽은 후 몇 년 동안 더 기억될 것이지만,

그 후에는 누군가의 벽에 걸린 초상화가 되어 버릴 뿐이다.

몇십 년이 지난 후에는 우리의 역사, 사진, 행적이

역사적 잊음 속으로 사라질 것이다.

우리는 심지어 추억조차 될 수 없을 것이다.

그러니 당신의 삶을 즐겨라.

외부와 내면

만약 당신이 외부 세계에 따라 살면,
곧 불행을 발견하게 될 것이다.
만약 당신이 내면 세계에 따라 살면,
곧 행복을 발견하게 될 것이다.

선택하라

"슬픔"은 두 글자, "기쁨"도 두 글자
"추락"은 두 글자, "상승"도 두 글자
"저주"는 두 글자, "축복"도 두 글자
"무시"는 두 글자, "경청"도 두 글자
"적들"은 두 글자, "친구"도 두 글자
"유치"는 두 글자, "성숙"도 두 글자
"무지"는 두 글자, "지식"도 두 글자
"부정"은 두 글자, "긍정"도 두 글자

두 가지 현실을 선택할 수 있다.
어떤 삶을 살 것인지는 당신에게 달렸다.

명심하라

지혜의 시작은 인간의 범주, 주어진 상황,
상대의 성격에 관한 진실 등
거짓에서 벗어나 진실에 눈을 뜨는 것에 있다.
이건 의심으로 연마된 도덕적 선견지명이며
순진하고 감상적인 환상에서 벗어나는 것이다.

자아를 강화하는 방법

출혈은 피할 수 없다.

산만한 사람은 다수의 적을 두고
무능한 사람은 적을 규정하지 못한다.

자아를 강화하는 방법은
모두를 사랑하는 것도
모두를 증오하는 것도 아니다.

오직 단 하나의 적을 가지는 것

나는 적과의 대결을 통해 고유하고 뚜렷한 형상을 지닌다.
나는 피흘리며 최대속도로 소멸에 대항한다.

- 작자 미상

통찰력

지혜롭게 살기 위해서는
지혜의 눈으로 무장해야 한다.
팔, 손, 가슴, 심지어 혀와 귀에 이르기까지
크게 활짝 뜬 눈들로 무장함으로써
주변을 철저히 관찰해야 한다.
손에 달린 눈은 타인이 무엇을 건네는지를,
팔에 달린 눈은 자신의 능력을 평가하며,
귀에 붙은 눈은 거짓을 간파하라.
가슴에는 인내를 길러줄 눈이,
심장에는 첫인상을 신중히 판단하게 하는 눈이 필요하다.
마지막으로, 눈에는 그들이 어떻게 바라보고 있는지를
알아차릴 수 있는 눈이 있어야 한다.

에필로그

돌을 던지는 자와 맞는 자 사이에는 쉽게 넘을 수 없는 울타리가 있다. 세상의 인과는 이런 울타리로 가득 차 있다. 우리는 각자의 자리에서 진실을 갈망하며 살아가지만, 그 진실은 종종 송곳니를 드러내며 우리를 향해 다가온다.

사람들은 진실을 완전히 인식하지 못한다. 이는 현실이 기대에 미치지 못하는 경우가 많아 과도한 희망이 인식을 왜곡하고 실망을 반복하는 것이다.

사람은 진실을 두려워한다. 진실은 너무도 날카로워서, 그것이 드러나면 우리의 세계는 무너져 내릴 수 있다.

그러나 진실을 마주 하라. 진실을 피하려고 할수록 우리는 더 깊은 새장 속으로 빠져들 뿐이다. 울타리 너머의 하늘은 결코 자유롭지 않다.

누군가를 미워하고, 혐오하고, 경멸하다 보면 결국 그 감정은 돌아온다. 얽혀버린 인과 속에서 우리는 자신이 던진 돌의 무게를 깨닫는다. 정의는 위치와 입장에 따라 달리 이해된다.

우리가 돌을 던지는 자의 입장에 있을 때와 맞는 자의 입장에 있을 때, 정의는 서로 다른 얼굴을 보여준다.

이러한 역설 속에서 우리는 우리의 위치를 돌아보아야 한다. 무언가를 빼앗는다면, 빼앗긴 쪽은 다시 빼앗으려 한다. 이것이 인간의 본성이다.

숨을 쥐어 짜내서라도 우리는 우리의 세계를 단순하게 만들려 한다. 그러나 그 단순함 속에는 깊은 난해함이 숨어 있다. 같은 비극을 몇 번이고 반복하는 것은 인간의 숙명일지도 모른다.

우리의 삶이 단순한 것 같지만 실상은 복잡한 숲을 떠돌아다니는 것과 같다. 이 숲은 한 번 방황하면 빠져나오기 어렵다. 우리는 이 숲에서 이런저런 어려움에 처한다.

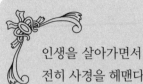

인생을 살아가면서 책임을 져야 할 나이가 됐지만 여전히 사경을 헤맨다.

어른이 됐지만 왜 살아가야 하는지 모르고 아이에게 무엇을 물려줘야 할지 처세란 어떻게 해야만 하는 건지 마냥 어렵기만 하다.

이 모든 의문 속에서 우리는 지혜를 등불로 삼아 세상을 살아가야 한다.

진실을 갈망하면 세계는 무너져 내린다. 그러나 그 무너짐 속에서 우리는 새로운 세상을 세울 수 있다. 새장 안에서 올려다 본 하늘이 비록 자유롭지 않을지라도 우리는 그 하늘을 향해 날아오를 수 있다.

비록 우리는 비극을 반복할지라도, 그 비극 속에서 우리는 새로운 지혜를 얻을 수 있다.

우리는 우리 자신의 최악의 적이다. 우리의 가장 큰 투쟁은 내면에서 일어난다. 고난은 우리를 더 강하게 만들고, 시련은 우리를 더 현명하게 만든다.

발타자르 그라시안 : 지혜의 말

400년동안 전해져 내려온 지혜의 고전

초판 1쇄 2024년 6월 18월

편집자 손힘찬(오가타 마리토)

디자인 엄지언

발행처 어센딩

이메일 ascending1992@gmail.com

정가 16,800원

ISBN 979-11-987540-1-1